KB107911

도대체 뭐가
잘못된 거지?

도대체 뭐가 잘못된 거지?

발행일   2023년 12월 27일

지은이   강문순, 김정민, 박명찬, 백영숙, 이승희, 이중숙, 정유나, 조지연, 황지영, 황현정
펴낸이   손형국
펴낸곳   (주)북랩
편집인   선일영   편집   김은수, 배진용, 김다빈, 김부경
디자인   이현수, 김민하, 임진형, 안유경, 신혜림   제작   박기성, 구성우, 이창영, 배상진
마케팅   김회란, 박진관
출판등록   2004. 12. 1(제2012-000051호)
주소   서울특별시 금천구 가산디지털 1로 168, 우림라이온스밸리 B동 B113~114호, C동 B101호
홈페이지   www.book.co.kr
전화번호   (02)2026-5777   팩스   (02)3159-9637

ISBN   979-11-93716-16-8 03810 (종이책)   979-11-93716-17-5 05810 (전자책)

(주)북랩 성공출판의 파트너
북랩 홈페이지와 패밀리 사이트에서 다양한 출판 솔루션을 만나 보세요!
홈페이지 book.co.kr   • **블로그** blog.naver.com/essaybook   • **출판문의** book@book.co.kr

작가 연락처 문의 ▸ ask.book.co.kr

작가 연락처는 개인정보이므로 북랩에서 알려드릴 수 없습니다.

열심히만 해서는 성공할 수 없다.
목표를 설정하고 삶을 새롭게 정비하라!

강문순
김정민
박명찬
백영숙
이승희
이증숙
정유나
조지연
황지영
황현정

10명의 작가가 알려주는 목표 설정의 비밀

도대체 뭐가 잘못된 거지?

 북랩

황현정

"혼자 꾸는 꿈은 그저 꿈에 지나지 않는다. 하지만 함께 꾸는 꿈은 현실이 된다."

좋아하는 문구이다. 함께 살아가는 세상. 사회복지를 전공하고, 사회복지 분야에 일을 하며 '함께'라는 단어를 좋아하게 되었다. 좋아하니, 말을 하거나 글을 쓸 때도 자주 사용하게 된다. 사회복지 분야에도 다양한 의견을 가진 사람들이 존재하듯, 독서 모임 하는 사람들의 생각도 각양각색이다. 독서 모임 하며 좋았던 것 중의 하나가 생각이 같은 사람들을 만나는 것이었다. 나눔을 실천하고 사람을 배려하며 함께 살아가는 공동체의 삶을 기대한다. 함께 꾸는 꿈, 함께 하는 사람들이 있을 때 꿈이 현실이 됨을 믿는다. 이번 공저를 통해, 글 쓰는 삶을 꿈꾸다 보니 작가라는 현실이 되었다. 함께였기에 가능한 일이다.

그동안 공저 작가모집을 할 때, 신청하지 않았다. 개인 저서를 먼저 쓰는 것이 낫지 않을까 생각했다. 공저에서 쓰면 개인 저서에 쓸 말이 없지 않을까. 무엇보다 공저 작가들에게 피해가 되지는 않을까 우려했다. 이번엔 달랐다. 공저 작가모집 글이 올라오자마자, 신청서를 제출했다. 매일 목표 천 번 외치기를 하고 있었는데, 목표를 높게 설정해두었다. 그 목표를 이루기 위해서는 뭐라도 시도해야 했다. 이전처럼 기다리고 준비하다가는 아무것도 이룰 수 없다는 것을 알았다. 공저 작가에 합류할 수 있다는 소식을 들었다. 목표에 한발 다가가는 느낌이다. 공저에 관한 생각도 달라졌다. 공저를 통한 과정을 경험하면, 개인 저서를 준비하는 데에도 큰 도움이 될 것 같았다. 그렇게 되면 목표에 몇 발자국 더 다가가겠지. 목표를 계속 생각하며 생활하니, 목표를 이룰 방법을 찾게 되고, 생각해오던 것들을 실행하게 된다. 그런 과정으로 공저팀에 합류하게 되었다.

　공저의 주제가 "목표"이다. 처음엔 막막했다. 프로 작심러, 시작만 잘하는 나에게 목표란 에베레스트산처럼 느껴졌다. 이왕이면 천 번 외치고 있는 목표를 이루고 나서 썼으면 더 좋았을 텐데. 이 생각도 잠시, 목표를 이룬 사람보다 목표를 이루지 못한 사람이 더 많은 것이 현실 아닌가. 모두가 목표를 이루고 살고 있다면, 힘들고 어려운 사람들은 없을 것이다. 나처럼 매년 같은 목표를 세우고, 실행하기까지 오랜 시간이 걸리고, 실행하다가 멈추는 수많은 내가 떠올랐다. 성공한 사람들을 위한 글을 쓰는 것이 아니다. 나와 같은 누군가를 위해 힘을 내 보기로 한다. 먼저 경험해 본 내가 경험하지 못한 누군가에게 친절한 안내를 해볼까 한다. 그리고 혼자가 아니다. 공저팀이 있다.

공저 첫 모임에 팀장을 지원했다. 다들 바쁜 삶을 살아간다. 세 아이를 키우고 있고, 14개월 막둥이는 늘 내 곁에 있다. 그럼에도 육아하고 있는 내가 더 자유롭지 않을까 생각했다. 그렇게라도 공저팀에 도움이 되고 싶었다. 공저를 더 잘해 나가기 위한 자신의 다짐이기도 했다. 열심히 하기 위한 환경을 선택한 것이다. 대학교에서 전공수업이 많아 제일 바쁜 학기일 때, 동아리 총무도 하고 학생회 임원도 했었다. 아이러니하게도 그때가 성적이 가장 좋았었다. 챙겨야 할 것이 많고, 해야 할일이 많을 때 더 많은 성과가 난다는 것을 경험으로 배웠다. 그 일을 하는 순간에 집중해야 함을 알기에 성과로 이어진다. 그렇게 공저를 시작했다.

매일 아침 마감일을 알렸다. 글 쓰는 삶을 응원해주는 이은대 사부님을 따라, 글 쓰는 하루를 응원했다. 서로에게 격려의 말을 전하며 공통된 목표를 향해 나아갔다. 글 쓴 원고가 날아가 속상하기도 하고, 링거 투혼에 다 같이 걱정해 주기도 한다. 마지막 출근, 여행 일정, 주말 연수, 심지어 장례 중에도 글쓰기는 이어진다. 일하고, 육아하고, 집안일에 가족들까지 챙기며 작가의 길을 간다. 각자의 삶이 바쁨에도 일상을 공유하고 서로를 응원한다. 공저를 시작하기 전과 후 모두 글쓰기 좋은 환경은 아니었을지도 모른다. 이번 기회를 통해 공저자들 모두 알고 있을 것이다. 글쓰기 좋은 환경, 적절한 시간은 없다는 것. 매일의 일상처럼 한 글자, 한 글자 채워나가야 한다. 삶을 녹여내야 한다. 시작하니 일이 되어간다. 수정에 수정을 거듭하며 퇴고를 한다. 완전하지 않은 채로 마감 시간을 맞춘다. 원래 완벽이란 존재하지 않는다. 최선을 다할 뿐.

서로의 응원 속에 공저를 마무리한다. 줌과 채팅방을 통해 소식을 전하지만, 따뜻한 관심과 배려가 느껴진다. 고단한 삶을 살아오신 인생 선배님들조차도 겸손한 태도로 서로를 존중해 주신다. 그분들의 격려 말을 들을 때면 나도 모르게 울컥한다. 내가 원래 이렇게 눈물이 많았나 싶을 정도이다. 미혼일 때는 우는 게 별로 이해되지 않았는데, 결혼과 육아 때문인지 툭하면 눈물 바람이다. 각자의 목표가 있어 공저에 참여했겠지만, 공동의 목표인 공저를 다 함께 완성한다. 응원하고 지지해 줄 새로운 지원군을 얻어 든든하다. 예전에 자전거 전국 일주를 할 때, 팀장 오빠의 말이 떠오른다. 누군가 한 명이 빠지면, 1/N만큼 줄어드는 것이 아니라 0이 되어 곱해지기에 모두가 0이 된다는 말. 그렇게 공저자 한 사람, 한 사람이 모두 소중하다. 함께할 수 있어 행복하고 고마웠던 마음을 글을 통해 전한다. 글 쓰는 삶을 알려주시고 이끌어 주시는 이은대 사부님께도 감사함을 드린다.

이 책은 '1장 선명한 목표가 필요한 이유', '2장 목표는 어떻게 삶을 바꾸는가', '3장 놓치고 싶지 않은 내 인생의 목표', '4장 목표! 이렇게 세우면 성공한다'로 구성된다. 공저 10명의 작가 개인의 삶을 바탕으로 다양하게 이야기가 펼쳐진다. 차례대로 읽어도 좋겠고, 작가별로 이어서 읽어도 좋겠다. 마음에 드는 제목부터 시작해도 무난할 것이다. 공저자들의 노력이 독자님들의 삶에 작은 나침반이 되길 기대한다. 독자님들이 이루어 나갈 목표에 공저자들이 함께 응원하고 있다. 저자들의 한 땀, 한 땀 정성이 들어간 공저를 선택해주신 독자님들에게 감사함을 전한다.

찬 바람이 부는 날, 따뜻한 봄날을 기다리며

도대체 뭐가 잘못된 거지?

목차

<4장>
목표! 이렇게 세우면 성공한다

1장

선명한 목표가
필요한 이유

목표는
경주마의 눈가리개다

●

강문순

은행을 다녔었다. 남들이 부러워하는 그 직장을 빨리 관두고 싶었다. 목표 달성이라는 지긋지긋한 굴레에서 벗어나고 싶었기 때문이다. 신규 상품이 나올 때마다 실적 스트레스가 많았다. 본점에서 할당된 지점 목표는 다시 개인별 목표로 나누어졌다. 매일 어느 직원이 얼마나 했는지 지점장은 체크했고 노력하지 않고 있는 직원의 담당 책임자는 지점장 앞으로 불려가 고개를 숙여야 했다. 지점장은 아침저녁 잦은 회의를 하며 직원들을 독려했다. 목표를 향해 열심히 달리고 있는 직원은 칭찬받고 그렇지 못한 직원은 눈총을 받았다. 왜냐하면 자신의 몫을 채우지 못하면 다른 직원이 그만큼 힘들어지기 때문이다.

최근 직원들의 실적 현황을 벽면에 게시해 놓고 직원들을 다그치는 장면이 나왔던 영화 '다음 소희'를 보며, 숨이 턱 막혔다. 유난히 감정이 이입되어 많은 생각을 하게 했던 영화였다.

생존을 위한 목표 달성! 그 압박감은 벗어버리고 싶은 갑옷이었다. 딱! 10년만 다니자 마음먹고 버텼다. 정말로 10년쯤 되었을 때 IMF가

터졌다. 쉽게 그만둘 수 있었다. 둘째 아이 출산이라는 이유도 있었지만, 실적 스트레스에서 벗어나고픈 마음은 퇴직이라는 큰 결정을 쉽게 도와주었다.

퇴직 후 육아에 전념하며 집안도 예쁘게 꾸미고 맛있는 요리도 잘 만드는 프로 주부가 되고 싶었다. 쉽지 않았다. 갓난아이와 세 살 아들을 키우며 집안을 꾸미고 싶은 것은 현실과는 전혀 다른 꿈이었다. 늘 어나는 장난감과 아기용품들이 거실을 채우고 벽에는 수학 놀이, 한글 놀이 교구들로 장식되었다. 청소도 쉽지 않았다. 이상하게 남들 눈에 보이는 묶은 먼지가 내 눈에는 뜨이지 않았다. 요리하려고 사다 나른 식료품들을 냉장고에 채워 넣기 바빴다. 요리로 탄생하지 못한 식재료들은 썩어서 버려지기 일쑤였다. 무엇을 어떻게 해야 하는지 몰랐다. 살림은 내 체질이 아니었다. 직장 다니는 것보다 육아와 살림이 더 힘들었다.

어느덧 시간이 흘러 두 아이 모두 유치원에 다니게 되자 여유가 찾아왔다. 뭔가 변화가 필요했다.

은행에서 경력 직원을 뽑는다는 연락이 왔다. 오랜만에 뾰족구두를 신고 정장을 입었다. 몇 년 사이 펑퍼짐하게 퍼져버린 몸매 때문에 폼은 안 나지만 면접을 통과해 다시 출근하게 되었다. 지긋지긋했던 그 실적 세상으로 말이다. 새로웠다. 다시 찾은 직장은 예전엔 못 느꼈던 자긍심으로 내 마음을 꽉 채워줬다. 육아에 전념할 때 보다 더 신나고 재미있었다. 그때 알았다. 은행원이 천직이었다.

립스틱을 곱게 바르고 파운데이션을 두드리며 귀걸이로 화장을 마무리했다. 거울 속 나를 바라보는 아침이 즐거웠다. 가방을 어깨에 메고 아침 공기를 마시며 출근하는 것이 이런 행복인 줄 예전엔 미처 몰랐다. 직원들의 눈치를 보며 실적 때문에 스트레스 받았던 그때와는 전혀 다른 사람이 되었다. 신규 적금 증강 운동 목표 달성 1위를 비롯하여, 청약통장 증강 운동, 신용카드, 전자 금융 등 은행에서 진행하는 각종 실적 리스트 상위권에 내 이름이 올라갔다. 지역본부까지 이름을 날릴 때쯤 전국 친절우수 직원으로 뽑혀 은행장 표창장까지 받았다.

무엇이 달라졌을까 생각해 보니 목표였다. 예전에도 달성해야 할 목표는 있었지만, 위에서 내려온 지시일 뿐, 내 것이 아니라 생각했다. 하라니까 어쩔 수 없이 해야만 하는 고역이었다. 그러다 옆에 실적 좋은 우수 직원을 만나면 비교 대상이 되어 자존심 상했다. 야금야금 자기 실적을 채우며 목표를 달성하는 직원이 괜히 싫었다. 그 직원이 상품을 설명하느라 대화가 길어지면 누군가는 창구가 밀리지 않게 일을 해야 하기 때문이다. 그런 상황이 오면 입이 댓 발 나와 표정이 굳어졌던 것 같다.

예전과는 달리, 아이 둘 엄마가 되어 다시 찾은 직장에선 생각을 바꿨다. 나에게 주어진 일을 해내기 위하여, 매일 할 수 있는 만큼 나만의 목표를 설정했다. 한꺼번에 빨리 많은 것을 해내려는 욕심을 버리고 내가 할 수 있는 작은 목표를 세우고 나니 훨씬 쉬워졌다. 신용카드, 예금, 적금 등 달성해야 할 실적의 종류가 많았지만 가장 쉬운 것 하나를 정했다. '다른 건 못해도 이것만큼은 내가 1등 먹자!'라는 심정으로 하루하루 목표를 달성했다. 덕분에 성취감은 증폭되고 자신감이 상승했다. 그 자신감은 표정으로 표출되었고 늘 잘 웃는 직원, 친절한 직원이라는 수식어가 붙게 되었다.

다른 사람 눈치 보지 않고 스스로 목표를 정하고 정진하니 좋은 점이 많았다. 첫째, 성취감을 안겨주었다. 둘째, 스트레스와 불안감이 줄어들고 자신감이 상승했다. 셋째, 성장하고 발전하기 위한 동기부여가 되었다.

경주마는 눈가리개를 하고 달린다. 그 이유는 경주마의 시야를 제한해서 경기에 집중할 수 있도록 하기 위함이다. 말은 사람과 달리 얼굴 양옆에 눈이 있어서 시야가 매우 넓다. 그래서 경주마는 경기를 하는 동안 앞에서 뛰는 말, 옆에서 뛰는 말, 뒤에서 접근하는 말도 쉽게 볼 수 있다. 하지만 말은 큰 체구에 비해 겁이 많아서 경주할 때 다른 말들이 뒤나 옆에서 보이게 되면 주의가 산만해지고 놀라게 된다. 그때마다 다른 쪽으로 비키려는 습성이 몸 안에 베어, 피하게 된다. 말에 탄 사람이 위험해질 수 있다. 눈가리개는 말의 주의가 산만해지는 여건을 없애고자 만들어진 도구이다.

목표는 경주마의 눈가리개처럼 내가 가야 할 방향만 보여주었다. 드라마도 보고 싶고, 잠도 더 자고 싶을 때 목표는 나를 일으켰다. 잘하는 사람에게 자꾸만 시선을 돌려 집중력을 잃었을 때 산만해진 나의 마음을 잡아주었다. 무엇보다 삶이 재미없을 때 스스로 정한 선명한 목표가 덧없는 삶의 재미를 안겨 주었다.

있고 없고는
둘째

김정민

목표는 크든 작든 목표가 있느냐 없느냐는 중요하지 않다고 생각했었다. 그러나 목표는 있어야 한다. 나는 시인이자 작가다. 내가 쓰는 이유는 행복이다. 멈추지 않을 거다. 5학년 목표 정하지 않고 그냥 썼다. 시를 쓰기 시작할 때 목표 생각하지 않았다 목표가 뭘까? 꿈은 있었다. 어릴 때부터 목사님이 되고 싶었다. 아빠 엄마처럼 살고 싶었다. 분명하다면 분명한 목표가 있었던 사람이다, 꿈과 목표를 크게 잡고 있었다. 시를 쓰기 시작할 때 목표는 생각하지 않았다. 그러나 달라졌다. 언제까지 뭘 할지 고민한다. 하루마다 작은 목표를 잡기 시작했다. 끝까지 가게 된다. 아직 이 말을 하기엔 이른 시긴가 싶기도 하지만 지금은 목표가 있다. 12월 또 책이 나온다. 서른까지 10권 집필을 목표로 이 책 나오면 7권이 될 터이다. 이제 얼마 남지 않았으니까, 오늘 잘 살기로 했다. 다음 걸 언제 내고 작다면 작게 오늘 독서 할 페이지를 정하는 것으로 목표를 잡는다.

도대체 뭐가 잘못된 거지?

동생이 꿈도 없고 목표도 없다는 친구 이야기를 했다. 동생 친구는 현재 고3이다. 아직 무엇을 하고 싶은지 어떤 게 어떤 목표가 있는지 모르겠다고 그랬단다. 꿈이나 목표 없이 힘들어하는 누군가가 분명히 있을 것이다. 지금 고3이라는 이 친구처럼 말이다. 그 당시에는 다소 성의 없게 대답한 것 같다. 한 명 더 있다. 이 친구는 내가 그 아이랑 8년이나 차이가 났는데도 그 엄마가 고민이라며 어떻게 해야 하냐고 물어왔다. 내가 먼저 사춘기를 겪었으니 해줄 수 있는 말이 있었다. 얘기를 나누고 시를 써보는 게 어떻겠냐는 말도 했다. 그는 나와 같은 신학교에 다닌다. 목표가 있고 없고는 이만큼 중요하다. 큰 목표라도 있으면 좋겠다. 학교에 가고 싶지 않아 한다는 그 아이는 나와 지금 상황은 분명 다를 것이다. 이유가 있을 것이다. 그 이유를 물어보고 목표가 있고 없고를 떠나 공부할 때 공부하고 목표를 찾는 시간으로 보냈으면 좋겠다. 이런 식의 답변을 할 수 있었다.

시와 글 둘 다 하기 힘들지 않냐는 말을 한다. 하지만 해야 한다. 나는 시와 글로 행복을 전하는 사람이니까. 내가 할 수 있는 방법으로 마음을 표현해 왔다. 오늘도 쓰는 중이다. 목표가 중요한 이유는 목표가 있어야 꿈을 이룰 수 있기 때문이다. 꿈을 이루기 위해 나아가는 과정이니까. 장애를 가졌지만, 장애가 있어 더 풍성하다. 장애가 있지 않다면 큰 목표도 생기지 않았을지 모른다. 나는 오늘도 목표를 이루어 가고 있다.

"아빠가 너무 못됐어. 딸이 아빠가 누군지 한번 보고 싶어. 얼마나 못된 거야" 아빠가 이렇게까지 얘기하지만, 그곳이 좋다. 아직 글 쓰는 중이다. 물론 독서도 할 것이다. 9시 5분이지만 아직 하지 못하고 있다. 그러나 할 거다. 오늘 하루 목표를 정하고 그 목표를 이뤄가며 그렇게 살아가고 싶다. 이 시간도 중요하다. 할 일 다 하고 오늘의 목표를 이루는 나를 응원한다.

목표가 뭘까? 큰 목표가 작은 목표를 만든다. 꿈이랑은 다르다고 했는데 꿈은 목표가 아니다. 어떻게 보면 꿈이 목표라고 할 수도 있겠지. 그러나 직업은 꿈이 아니다. 무엇이 되어 어떻게 살 것인지가 꿈이다. 꿈은 직업이 아닌 '어떤 사람'이다. 나는 행복을 노래하는 사람이고 되고 싶다. 꿈이 있었고 그 꿈을 이루는 과정에서 시인이자 작가가 되어 분명히 가게 한다. 세세하게 목표를 잡고 오늘을 알차게 사는 내가 되기를 오늘도 바란다. 그렇게 나아간다. 지칠 수 있지만, 목표로 다시 일어난다.

나는 지금 공저를 쓰고 있다. 다음은 또 뭘 할까, 개인 저서 집필하다 멈추고 시만 쓰고 있었다. 일단 개인 저서를 마무리해야겠다. 두 번째 책도 준비해야지. 시집은 별개다. 시는 3년 정도 멈춰야 하지 않을까 싶다. 한동안 글만 쓸까. 대학원 가면 둘 다 하기엔 무리이지 않을까. 7집까진 쓰고 멈추고 싶기도 하다. 7집을 선택하면 개인 저서가 더 늦어질 터. 첫 번째를 선택한다. 이렇게 6시가 되었다. 시와 글 중 하나만 쓰지 않는다. 함께 쓴다. 함께 걷고 있기 때문이다. 이 마음 변하지 않기를. 시인을 넘어 작가가 되었다. 함께 배우며 성장한다. 동료 작가들과 목표에 관해 쓰는 중이다. 앞으로 지치지 않고 걷진 않겠지만. 목표가 있다. 함께하는 이들이 있다. 그 힘으로 간다. 걷는 길에 큰 목표조차 없었다면 또 현재가 없다면 얼마나 나아갈 수 있을까. 혼자는 하지 못한다. 함께 한다. 한가지 목표를 두고 함께 갈 수 있어 힘이 된다. 동료 작가들과 한가지 목표를 두고 '함께 힘'으로 한다.

정리해 본다.

첫째 멈추지 말고 끝까지 한다.

이 공저는 예전 같으면 포기하고도 남았을 나다. 시인과 작가, 사회복지사, 목사님으로 행복을 전하는 사람으로 끝까지 갈 것이다. 목표는 계단이다. 한 가지를 해내고 나면 다음 목표가 생긴다.

둘째 흔들리더라도 바로 회복하고 오늘을 버티고 산다.

오늘 일한다. 집에 돌아오자마자 컴퓨터 앞이다. 쉴 틈을 주고 쉬어야 한다는 주변의 만류에도 이유가 있으니 가게 된다.

셋째 함께 사는 이유를 알 수 있다.

나와 같은 길을 가는 사람을 볼 수 있게 되고 사는 까닭을 발견할 수 있다. 목표 있는 삶에 가득한 보물 함께 누리고 싶다. 목표로 알찬 삶을 살 수 있기를 바란다.

모지스
할머니처럼

●

박명찬

꼼지락, 꼼지락. 수진이는 한참 동안 찰흙 한 개를 조물딱거렸다. 이번에는 토끼를 빚고 있다. 다른 모둠을 순회하고 왔다. 토끼 모양 찰흙은 온데간데없다. 새롭게 뭔가를 만들고 있었다. 바쁜 손놀림에 맞춰 짜증 섞인 한숨 소리도 들렸다. "수진아, 선생님이 도와줄까?" 했더니, 홀쩍거린다. 이미 손과 토시, 책상 위 신문지는 찰흙 범벅이다. 얼마나 열심히 하고 있는지 말해 주었다. 미술 시간 주제는 '찰흙으로 동물원 만들기'였다. 모둠원들은 각자 좋아하는 동물을 만들었다. 하드보드지 위에 모아서 예쁘게 동물원을 꾸밀 작정이었다. 각자 자신이 좋아하는 것을 하나씩 완성해 가고 있었다. 수진이는 만들다 부서뜨리기를 반복하고 있었다. 힘들어하는 아이의 말을 들어보았다. 만들고 싶은 것이 많아 고민했단다. 코뿔소를 만들어 볼까 생각하는데 이미 옆에 친구가 만들고 있었다. 다른 동물을 만들다 마음에 들지 않아 또 뭉갰다. 친구가 도와주려고 했는데 도움받기 싫었다. 열심히 했는데 만든 게 없어 속상했다. 수진이와 약속했다. '만들고 싶은 것 분명하게 정하기. 친구

도대체 뭐가 잘못된 거지?

와 비교하지 않기. 완벽하지 않아도 괜찮아. 끝까지 완성하기.' 고개를 끄덕이는 수진이의 표정에 안도감이 느껴졌다.

짝꿍 동현이는 벌써 펭귄 가족이랑 타조 한 쌍을 만들어 놓았다. 새 박사가 꿈인 동현이는 머릿속에 무엇을 만들지 생각하고 있었다. 자리에서 일어서려다 신문지를 잡고 넘어졌다. 그 바람에 만들어 둔 펭귄 가족이 바닥으로 굴러 뭉개지는 대참사가 있었다. 하지만, 동현이는 끝까지 만들기를 이어갔다. 결국 모둠 친구들은 수진이를 도와 동물원을 멋지게 완성했다.

수진이처럼 나도 글을 쓰다가 뭉개기를 반복하고 있었다. 내일이면 최종 퇴고 일이다. 앞으로 24시간도 남지 않았다. 시간은 임박해 오는데 마음이 혼란스럽다. 에피소드를 없애고 다른 걸 가져올까? 아니야 시간이 얼마 없다. 새로 쓴다고 실력이 나아지는 것도 아니다. 이대로 밀고 나가기엔 글이 마음에 들지 않았다. 조급하다. 뒤죽박죽 정리는 안 되고 머리는 무겁다. 설거짓거리가 싱크대에 쌓여있다. 일찍 학교 가는 딸에게 아침밥도 못 해줬다. 지금 뭐 하는 거지? 한심스럽다. 어깨와 목은 엄청나게 뭉쳐 아프다. 써야 할 내용이 떠오르지 않았다. 키보드 두드리는 손을 내려놓고 고무장갑을 꼈다. 잔뜩 쌓인 그릇을 씻었다. 복잡한 생각이 들 때는 잠시 멈추는 것도 좋다. 욕심을 내려놓아야겠다. 글을 뭉개고 다시 써도 여기까지다. 여기까지 온 것도 대견하다. 지우고 다시 쓰며 제자리만 맴도는 것 같지만 성장하고 있다. 3주간 게으름 피우지 않고 열심히 썼다. 다음에 글을 쓰면 잘 쓸 수 있을 것 같다. 욕심을 내려놓고 이 글에 만족하기로 했다.

써지지 않는 글 붙들고 있기보다 설거지라도 하니 무겁던 머리가 한결 나아졌다. 머리가 복잡할 때는 환기가 필요하다. 일이 꼬이고 안 풀릴 때는 고개 들어 객관적으로 바라보는 시간이 도움 됐다. 키보드에서 손을 떼고 설거지하며 생각을 비웠다. 부족해도 괜찮다고 다독여주었다. 무겁던 머리가 가벼워졌다. 복잡한 생각들이 단순해졌다. 자유로워졌다. 남은 시간 내가 할 수 있는 만큼 최선을 다했다.

살다 보면 내 뜻대로 되지 않을 때 많다. 최선을 다해 이렇게 해보고 저렇게 해보지만 시간만 가고 성과는 나지 않았다. 마음만 조급해졌다. 모든 것을 포기하고 싶은 순간을 맞이했다. 내 안에 지나친 마음이 자리하고 있지는 않은가 살펴보았다. 욕심 때문에 혼란에 빠져 있는 건 아닌가 돌아보았다. 현재 있는 것에 감사하자. 최선을 다하고 만족하자. 매번 모든 일에 완벽할 수 없다. 포기치 않으면 목적지에 도착하게 된다. 그다음 목적지는 조금 더 멋진 모습으로 도달할지도 모른다.

나로 인해 팀원들에게 민폐를 끼칠까 걱정되었다. 발을 동동 굴리며 퇴고 시간 맞춰 글을 썼다. 남이 보면 참 어렵게 산다고 할 것이다. 그러나 이런 기회가 있어 고맙다. 언제 이렇게 집중해서 글쓰기에 몰입해본 적 있었던가? 글을 쓰며 많이 고민했다. 다양한 글쓰기 방법으로 시도해 보려고 노력하는 시간이었다. 욕심도 내려놓을 줄 알았다. 완벽한 것만이 최선이 아님을 알았다. 포기하지 않는 인내를 배웠다. 목표를 가지고 걸어가는 길은 깨달음을 경험하는 순간이다.

90세를 바라보는 친정엄마는 말한다. 빨리 죽어야 하는데 아프기만 하고 뭐 하러 사는지 모르겠다 한다. 그럴 때마다 말했다. 엄마는 옆에 계시는 것만으로 나에게 감사한 존재라고. 엄마는 소중하다고. 아침에도 출근길에 엄마와 통화했다. '엄마, 삼시 세끼 잘 챙겨 드세요. 집 주변 돌면서 꼭 운동하세요. 많이 웃으세요. 살아 계셔서 고마워요.' 이런 것들을 잘 해내는 것이 90세 엄마에게는 최선을 다한 것이다. 엄마가 오랫동안 그렇게 살아주길 바란다. 나도 엄마처럼 힘들지만 앞에 놓인 일에 최선을 다하고 있다. 주어진 하루에 정성을 다하는 우리는 가족과 세상을 더 행복하게 한다.

힘들지만 목표가 있다는 것은 멋진 일이다. 『인생에서 너무 늦은 때란 없습니다』 저자 모지스 할머니가 떠오른다. 할머니는 76세에 처음 그림을 그리기 시작했다. 한 번도 배운 적 없다고 한다. 아기자기하고 따뜻한 그림들은 어느 수집가의 눈에 띄어 세상에 공개되었다. 101세 나이로 세상을 떠나기까지 할머니는 왕성하게 활동했다. 1,600여 점의 작품을 남겼다. 할머니 인생철학이 담긴 글과 그림을 보고 있으면 내게 말해 주는 듯하다.

"정말 하고 싶은 일을 하세요. 당신의 나이가 이미 50이라도."
"사람들은 늘 '너무 늦었어'라고 말하지요. 하지만 사실은 지금이 가장 좋은 때랍니다."

"좋아하는 일을 천천히 하세요. 때로는 삶이 재촉하더라도 서두르지 마세요."

할머니의 메시지를 가슴에 새기며 살아간다. 글을 읽다 보니 얼마나 힘든 과정을 거쳤을까 생각된다. 90세 노인이 그림을 그린다고 상상해 보았다. 나는 겨우 4꼭지 쓴다고 어깨와 목이 아프고 그만 써야 하나 고민했다. 모지스 할머니는 101세까지 붓을 들었다. 책에 다 나오지 않는 고통과 아픔이 있었을 것이다. 목표를 향해 가는 길이 누구에게나 쉽지 않은 길이다. 그러나 그 고통 견뎌낼 정도로 하고 싶은 일을 하며 사는 인생은 행복하다. 모지스 할머니처럼.

절망 속에서
흔들리지 않는 이유

●
백영숙

　결혼생활 연습이 없더라. 1987년 4월 남편과 결혼했다. 남편은 고등학교 친구인 경숙이의 오빠와 대학 동기다. 경숙이 오빠 부탁으로 미팅 주선을 두 번 해준 적 있다. 당시 남편은 미팅에 나온 여자들에겐 관심 없었고 주선자인 내게만 계속 연락을 했다. 인연이 되려니 결혼까지 하게 되었다. 남편은 검은색 뿔테안경을 끼고 검은색 잠바를 자주 입고 다녔다. 촌스러워 보였지만 순수한 모습이었다. 그러나 그에게 전혀 관심이 없었다. 사관과 신사에 나오는 배우 리차드 기어를 좋아하고 있을 때였다. 그런 나를 남편은 매일 대구에서 경주까지 만나러 왔다. 휴대전화가 없을 때다. 무작정 회사로 찾아왔다. 첫날은 회사 앞에서 10분 이야기하고 박카스 한 병을 주고 돌려보냈다. 그래도 포기하지 않고 찾아왔다. 끈기와 집념이 대단하다고 느꼈다. 경주를 왔다 갔다 할 때였다. 두류동 가는 막차를 탄 모양이다. 눈 떠보니 다시 종점이었다고 한다. 피곤해서 잠 들었다고 했다. 당연히 버스가 끊겼다. 몇 시간을 걸어서 집에 도착했더니 새벽이었다고 했다. 나도 모르게 괜히 미안하고 신경 쓰였다. 그때 이후 데이트할 때면 버스 끊길까 봐 조바심이 났다. 어느 날부터 그를 만날 때면 거울 앞에서 외모에 신경 쓰는 모습이 낯설었다. 그런 남편을 믿고 결혼을 결심했다. 열 번 찍어 안 넘어가는 나무 없다는 속담이 맞는 말이 되었다.

시댁에는 시할머니, 시어머님, 막내 시누가 살고 있었다. 겁나지 않았다. 착하고 성실한 남편만 있으면 된다고 생각했기 때문이다. 결혼 후 2년에 걸쳐 연년생 아들을 낳았다. 남편도 졸업 후 바로 취업했다. 남편이 출근하고 나면 아이들과 시간을 보냈다. 시할머니 점심상도 차려 드렸다. 시어머니는 두류 시장에서 야채 장사를 했다. 바쁜 하루였지만 아이들을 보면서 취미생활도 즐겼다. 돌에 그림을 그리는 수석, 분재, 꽃꽂이도 배웠다. 남편이 서울 출장을 가면 아이들은 시어머님께 맡기고 따라나섰다. 남편 퇴근 후 동성로 가서 데이트도 했다. 결혼생활 5년, 하고 싶은 거 하면서 살았다. 누가 내게 물어본다면 다시 태어나도 남편과 결혼하고 싶다고 자신 있게 이야기할 수 있었다.

"회사 그만뒀어."

1998년 남편이 퇴근해서 불쑥 내뱉은 말이다. 친구랑 사업하겠다고 한다. 친구가 자금을 대니까 걱정하지 말라고 했다. 기를 쓰고 말렸다. 더구나 동업으로 성공하는 사람은 내 주변에서 보지를 못했기 때문이다. 그러나 남편은 사업에 대한 확신에 차 있었다. 어쩔 수 없이 사업이 잘 됐으면 하는 마음으로 믿고 응원하는 수밖에 없었다. 그렇게 1년이 지났다. 어느 날 식탁 위에 놓인 양도소득세 고지서를 보았다. 아파트를 팔았다는 뜻이다. 심장이 벌렁거렸다. 퇴근해서 온 남편에게 고지서를 보였다. "사업 성공해서 더 좋은 집 사줄게"라고만 했다. 신혼 때 살던 아파트가 재개발중에 있었다. 두류 야외 음악당이 보이는 전망 좋은 20층, 40평대 아파트 분양을 받았던 거다. 근데 사업 자금으로 팔았다. 자금 댄다고 동업한 친구는 투자 원금을 회수하고 사업에서 빠졌다. 할 말이 없었다.

2년이 지났다. 영문도 모른 채 낯선 남자들이 집에 들이닥쳤다. TV에서만 봤던 빨간 딱지를 내 눈앞에서 여기저기 가구와 가전제품에 붙였다. 여기서 끝이 아니었다. 얼마 후 남아 있는 집마저 경매가 되었다. 경매를 받은 사람이 집을 비워 달라고 한다. 눈앞이 캄캄하고 아무 생각이 나지 않았다. 못 나간다고 우겼다. 거실에 퍼질러 앉아서 머리가 아플 정도로 울었다. 다행히 아이들은 없었다. 집을 나가기에는 당장 돈이 없었다. 경매를 받은 사람은 매일 나가라고 독촉을 했다. 나가도 당장 다섯 식구가 거주할 곳도 돈도 없었다. 경매 받은 사람은 남편이 다녔던 직장 동료였다. 사업에 투자했다가 자금 회수를 못 하자 집을 경매한 모양이다.

"300만 원입니다."
경매 받은 사람이 수표를 던져 주었다. 이 돈으로 갈 수 있는 곳이 없다며 돈을 받지 않았다. 버틴 끝에 500만 원을 주면서 무조건 나가라고 했다. 마땅히 갈 곳이 없었다. 여러 곳을 수소문한 끝에 방 두 칸짜리 월세를 얻었다. 다섯 식구가 살기에는 집이 좁았다. 이사를 했지만 어려움은 피할 수가 없었다. 어떻게 해서든 살아야 했다. 수중에 돈이 없었다. 포장마차를 시작했다. 큰돈은 아니었지만, 우리 가족이 굶지 않을 만큼 벌었다. 잠깐의 걱정은 덜었다. 그러나 그것도 잠시뿐이었다. 2004년 청천벽력 같은 소식이 전해졌다. 신용불량자가 되었다. 남편이 사업할 때 우수 벤처기업 대출이 나왔다. 남편 말만 믿고 생각 없이 보증을 섰다. 등신, 어디까지 당해야 하나. 하나의 어려움이 끝나면 또 다른 더 큰 문제들이 닥치며 나를 시험했다. 끝날 기미가 보이지 않았다. 남편 보증으로 인해 일정 금액이 통장에서 빠져나갔다.

아이는 축복이다. 인생 최고의 고비가 왔다. 힘든 내색과 좌절할 수 없었다. 첫째, 내가 선택한 결혼생활이다. 함께 극복해야 한다는 생각을 가졌다. 죽어도 같이 죽고 살아도 같이 살아야 한다. 내가 중심을 잡지 않으면 가정이 무너진다는 생각을 했었다. 둘째, 아이들이 초등학교 5, 6학년 사춘기가 시작될 시기였다. 첫돌이 지난 딸도 있었다. 가정의 불안한 모습을 보여주고 싶지 않았다. 엄마가 열심히 사는 걸 보면 아이들이 바르게 성장할 거라 믿었다. 덕분에 아이들은 말썽 없이 반듯하게 잘 자랐다. 셋째, 평생을 아들만 바라보고 사신 시어머니께 걱정을 끼쳐드리고 싶지 않았다. 특히 친정엄마에게는 늦둥이로 태어난 막내딸이 어려움을 겪는 모습을 보여주기 싫었다.

2004년 보험회사에 다닐 때도, 오로지 가족의 생존만을 생각하며 일했다. 하루도 일을 하지 않은 날이 없었다. 매일 아침 7시 40분 출근해서 퇴근하고 집에 오면 거의 저녁 10시였다. 불면증에 시달렸다. 잠을 자기 위해서 소주 반 병씩 마시기 시작한 술이 계속 늘었다. 중독 수준이었다. 그럼에도 단 하루도 회사 출근을 빠진 날이 없었다. 일요일까지도 출근했다. 그렇게 일만 하며 살았다. 힘든 상황이었지만 견딜 수 있었던 것은 세 아이가 있었기 때문이다. 돌아가신 시어머니는 아이들에게 가끔 이렇게 말씀하셨다.

"니들은 엄마 없었으면 거지꼴 됐다."

물론 당신 아들 때문에 고생하는 며느리인 내게 미안해서 하는 말인 걸 안다. 조금이나마 위안이 되었다. 그래도 아이들에겐 늘 미안했다. 올해 환갑이 지났다. 큰 뜻이나 목표는 없었다. 지나고 보니 가장 선명한 목표는 가정을 지키는 것이었다.

가족은 위대하다. 살면서 뜻하지 않게 찾아온 어려움으로 인해서 눈물도 많이 흘렸다. 그 모든 과정에서 많은 걸 경험했다. 나 자신도 성장했다. 감사하다. 눈물도 멈췄다. 8년 동안 하루도 빠짐없이 두 병씩 마셨던 소주도 끊었다. 위기를 겪었지만 절망하거나 흔들리지 않았던 이유는 '가족'이라는 울타리가 있었기 때문이다.

지치지 않고
나아가기 위하여

●

이승희

마흔 중반. 재혼을 결심했다. 남편을 만난 지 한 달 만에 서울서 짐 싸 들고 내려왔다. 잡지 에디터, 학습만화 스토리 대필 작가로 20년 활동했던 경력도 접었다. 이삿짐 트럭을 뒤에 달고 서울에서 내려오며 홀가분했다. '이제 더는 마감에 시달리지 않아도 되는 거야.' 섬진강 상류 산골 마을. 해발 560m 산꼭대기 산양삼 농장. 손수 지은 집. 올라오는 사람마다 감탄하는 전경. 그림 같은 약초밭. 수입은 해마다 늘고, 함께 늙어갈 사람이 옆에 있었다. 더는 바랄 것이 없었다. 그저 남편과 사이가 좋으면 하루가 달았고 다투기라도 하면 세상 불행을 다 떠안은 것 같았다. 남편이 농장 일구면 나는 밥을 하고 농장 홍보를 했다. 둘 다 가정을 지키기 위해 열심히 살긴 했다. 각자의 방법으로. 결국 서로의 차이를 극복하지 못하고 8년 만에 헤어졌다.

나는 막연히 이게 끝은 아닐 것으로 생각했다. 지금은 화가 나서 저래. 열심히 한 3년쯤 살다 보면 다시 돌아볼 거야. 실패했다는 걸 인정하기 싫었기 때문이었을 거다. 애써 현실을 외면한 채 일에 매달렸다. 보란 듯이 성공해서 보여주고 싶었다. 능력도 없으면서 한꺼번에 여러 가지 일에 손을 댔다. 아들 이름으로 시에서 지원받아 차린 약초 가게, 잘할 거라는 말에 솔깃해 시작한 보험 설계사, 화려한 매니저의 말에 정신이 팔려 시작했던 영양제 네트워크 사업. 모두 실패했다. 정신 차려 보니 빚만 잔뜩 남았다.

다행히 글 좀 써봤다는 걸 인정받아 2천만 원을 투자받아 회사를 차렸다. 웹소설 웹툰 기획사였다. 자본금이 부족해 작가 섭외는 할 수 없고 직접 웹소설을 쓰기 시작했다. 그래, 글 써서 대박 나면 되지. 가끔 짧은 동화나 학습 동화 쓴 게 전부였다. 장편 소설은 써 본 적 없다. 지난 10년 동안 쓴 글이라곤 농장 홍보하기 위한 블로그 글 정도가 다였다. 그 사실은 까맣게 잊고 있었다.

집에 들어앉은 지 1년째. 겨우 완결한 소설 하나로 돈을 벌긴 했다. 딱 백만 원 정도. 1년 동안 번 총수입이다. 그 후엔 한 달에 만 원 정도 들어왔다. 설상가상 어느 순간부터 글이 써지지 않았다. 단 한 글자도. 이따위 쓰레기만 쓰는 내가 무슨 작가야. 끝도 없는 자괴감이 내핵을 뚫고 들어갈 정도로 자라났다. 컴퓨터 하드를 싹 밀어버린 것처럼 머리가 하얗게 비었다. 우울증까지 심해졌다. 종일 누워만 있었다. 그러기를 몇 달째. 날마다 자신과 사투를 벌였다.

'일어나! 제발' 한 자라도 써. 아니면 나가서 뭐라도 좀 해.' 머릿속에서는 천둥 번개가 치고 돌풍이 몰아치는 데 몸은 식물인간처럼 움직여

지지 않았다. 마음이 돌처럼 딱딱해졌다. 감정은 메말랐는데 눈꼬리를 타고 눈물이 흘러내렸다. 천장에서 내려온 거미줄을 멍하니 바라봤다. 이대로 흔적 없이 사라져 버렸으면. 나 하나쯤 없어져도 세상은 잘 돌아갈 테지.

그때, 휴대전화가 울렸다. 아들이었다. 큼큼, 목소리를 가다듬고 통화 버튼을 눌렀다.

"아들!"

애써 아무렇지 않은 척 불렀지만 목소리가 잘 나오지 않았다.

"엄마, 대출 이자 밀렸다고 은행에서 전화 왔는데요."

"그, 그랬니? 잔고가 부족했나 보다. 확인할게."

평소에는 "별일 없냐?" 안부 묻고 끊었을 텐데 한참 말이 없다. "무슨 일 있어?" 물었더니 어렵게 말을 잇는다. 선배와 회사를 하나 차리기로 했는데 자금이 필요하단다. 은행에서 대출받아야 하는데 내가 빌린 돈 때문에 더는 대출을 받을 수 없다는 거였다. "걱정 마. 엄마가 다 해결할게." 말이 끝나지도 않았는데, "미안 엄마. 나 나가 봐야 해." 전화가 끊겼다. 더 누워 있을 수 없었다.

거실로 나갔다. 현관문 앞에는 카드 독촉장, 밀린 아파트 관리비 등 각종 청구서가 무더기를 이루고 쌓여 있었다. 바닥을 보이는 통장 잔고, 더는 돌려막기 할 수도 없어 신용불량이 되기 직전인 현실이 덮쳐 왔다.

등골이 오싹했다. 어미가 되어 아들 가슴에 대못 박을 생각이나 하고 있었다니. 죽을 때 죽더라도 아들에게 민폐는 끼치지 말아야지. 당장 돈이 되는 일을 해야만 했다. 하지만 뭘 해야 할지 알 수 없었다. 방구석에서 글 쓴다고 들어앉은 1년 동안 우울증이 심해졌고 좌골 신경통이 생겼다. 무기력감과 칼로 저미는 통증을 달고 일어나야 했다. 더는 소설 쓴다는 핑계도 댈 수 없었다.

일자리를 구하기 시작했다. 웹소설 회사에 투자해 주셨던 한국영업인협회 심길후 대표님이 손을 내밀었다. 협회 SNS 홍보, 유튜브 대본 등을 써 보라고 했다. 하지만 그 손 잡지 못했다. 더는 글로 먹고살 자신이 없었다. 굳은 머리로 요즘 트렌드를 따라가기 힘들었고 고객을 사로잡는 문구를 만들어 낼 수가 없었다. 다른 일을 찾기 시작했다.

요즘은 건강하기만 하면 시골에서도 얼마든지 일자리가 많다. 농사철이면 하루 8시간 단순노동만 해도 일당이 쏠쏠하다. 하지만 30분만 풀을 매도 머리가 빙빙 도는 체력으로는 어림도 없었다. 우유 공장, 사무실 보조, 식당 보조……. 닥치는 대로 알아봤다. 몸이 망가진 50대 중반 여자를 불러 주는 곳은 아무 데도 없었다.

문득 자유기고가 시절 독서 토론논술 교사 일을 했던 게 기억났다. 전주에 작은 공부방을 차려 학생들을 가르치기 시작했다. 아이들을 보면 저절로 입이 벙글어진다. 아들이 일찍 장가갔다면 저만한 아들딸 있겠거니 싶은 코흘리개들, 머리 굵은 티를 풀풀 풍기는 중학생들까지. 그저 예쁘고 기특하기만 하다. 이 아이들이 자기 생각을 표현할 수 있도록 돕는 일을 한다는 것이 의미 있고 뿌듯하기만 했다. 1주일에 한 권씩 책을 읽고 오는 아이들 가르치려면 나도 매주 10권 넘는 책을 읽어야 하는 것도 좋았다. 토론을 이끌고 글쓰기까지 가르치려면 공부량이 만만치 않았다. 텅 비어버린 머리를 다시 채워 넣는 과정이라고 생각하니 그도 좋았다.

적지만 고정 수입이 생기자, 숨이 쉬어졌다. 빚을 하나로 모아 갚아 나가기 시작했다. 일단 급한 불은 껐다. 이제는 삶을 더 나은 수준으로 올리고 싶었다. 이대로 빚만 갚다 초라한 노년을 맞이할 수는 없잖아. 쓰다만 두 번째 소설도 마무리하고 자기 계발도 해야지. 그런데 다른 일을 할 엄두가 나지 않았다.

아이들은 15분 이상 수업에 집중하지 못한다. 조금만 시간이 지나면 잡담을 하거나 딴짓을 한다. 주의를 환기시키고 수업에 집중시키려 애쓰다 보면 힘이 다 빠진다.

목표가 선명한 사람은 무슨 일을 해도 지치지 않는다. 해야만 하는 일과 다른 업무를 전부 소화하면서도, 기어이 시간을 따로 내어 목표를 향해 나아간다. 이것이 목표의 힘이다. 나에겐 그것이 없었다. 만약 내게 뚜렷한 목표가 있었더라면, 아이들에게 치이면서도, 종일 많은 업무를 처리하면서도, 소설도 쓰고 자기 계발도 할 수 있지 않았을까. 후회와 반성을 해 본다.

도대체 뭐가 잘못된 거지?

꺼지지 않는
열정을 위하여

●
이증숙

　코로나로 복지관과 각종 센터의 수업이 중단되었다. 허리 통증이 나타나기 시작했다. 일상생활을 할 수 없었다. 결국 허리 수술을 받았다. 마스크에서 해방된 지금까지 후유증에 시달리고 있다. 허리 병은 협착증이다. 협착증이란 척추관이 좁아져 신경을 압박하는 질환이다. 허리 통증과 함께 극심한 다리 통증이 동반되며, 심할 경우 보행 장애로 이어진다. 척추관은 뇌에서 시작해 팔과 다리로 이어지는 척수 신경이 지나가는 통로이다. 이 통로가 좁아져 통증이 생긴다. 나는 좀 심한 편이었다. 오른쪽 발가락은 물론 발목까지 마비된 상태였다. 그래서 척추관 유합술, 척추경 나사 고정술을 하였다. 허리에 나사 6개가 들어있다. 9시간 가까이 수술받았다. 수술한 허리는 평생 조심해야 한다. 다행히 통증은 거의 없다. 그러나 발목의 힘이 돌아오지 않아 아직도 몸의 균형을 잡지 못하고 휘청거린다.

　8개월이 지나도 지팡이를 내려놓지 못했다. 바깥 활동은 어렵고 운동도 혼자서는 할 수 없었다. 남편과 동행해야만 했다. 지팡이 짚고 다니는 모습을 회원들이 볼까 두려워 평생 써본 적 없는 모자까지 쓰고 다녔다. 누가 '선생님' 또는 '이중숙 씨'하고 부르면 돌아보지 말라고 남편에게 신신당부했다. 움직일 때마다 머리카락이 빠졌고, 이석증으로 응급실을 찾았으며, 피부는 화상 환자처럼 울긋불긋했다. 의자에 앉았다가 일어서면 다리가 부어 발목이 접히지 않아 걷기가 불편했다. 하지정맥 수술까지 받았다.

숲세권의 우리 집은 새들의 노랫소리로 잠에서 깨어나고 풀벌레 소리로 계절을 느낀다. 어느새 겨울이 왔다. 창문을 두드리는 바람 소리가 귀신 소리로 들렸다. 아침을 깨우는 새소리도, 벽에 붙어있는 시곗바늘의 째깍거리는 소리도 듣기 싫었다. 스마트폰의 전원을 끄고, 시계의 배터리를 빼버렸다. 잠이 오지 않아 거실로, 안방으로, 작은방으로 몇 번씩 자리를 옮기다 보면 아침이 밝아 온다. 수면제를 먹어야 하나 생각하니 한심했다.

제대로 걷지 못하니 긴장 상태로 병원에 간다. 창밖의 거리풍경은 변함없어 보였고, 바삐 움직이는 사람들은 그대로인 듯했다. 나만 예전과 다른 모습을 하고 있다. 살아 있는 건가? 죽은 것은 아니니 살아있음은 분명하다. 수술하러 가기 전날 이렇게 아프면 죽는 것이 낫겠다고 했던 말이 떠올랐다. 지금이 그때보다 나은 건가?

밖에는 비가 쏟아지고 있었다. 비를 좋아한다. 비가 오면 해 보고 싶었던 게 생각났다. 아무도 없는 운동장에 누워 쏟아지는 비를 그대로 맞아

보고 싶었다. 거실 바닥에 누웠다. 내 눈에도 여름비가 내리고 있었다.

희영 대표에게서 전화가 왔다. "안현숙이라는 사람이 전화가 올 건데 온라인에서 하는 독서 모임 리더야. 널 추천했으니 전화 오면 받아라." 알았다며 건성으로 대답했다. 며칠 후 전화가 왔다. 희영이가 부탁하더라는 말에 거절하지 못하고 참석하겠다고 했다.

새벽 독서 모임이었다. 일주일에 한 번 줌으로 모였다. 기대도, 관심도 없이 그냥 참석했다. 몇 번 참석하고 나서 둘러보니 새벽인데도 사람들이 많았다. 리더는 책을 읽어야 한다. 책 속에 답이 있는데 읽지 않아서 몰랐다. "왜 진즉 책을 읽지 않았을까. 화가 나 죽겠어. 난 그동안 뭘 했지?"라며 새벽부터 열을 올렸다. 끓어오르는 분노와 열정으로 온라인 세상을 헤매고 다니던 안 대표는 아무 생각도 의욕도 없는 내게 [자이언트]를 추천해 주었다. 무기력한 내게 뭔가 할 일을 만들어 주고 싶었던 것 같다.

독서 모임을 하기 위해 책을 검색하다가 현직 사회복지사인 다둥 아빠가 주관하는 '엄빠독' 새벽 독서 모임을 알게 되었다. 20분 동안만 카메라를 켜고 읽은 책이나, 그날의 할 일을 발표했다. 부담스럽지 않아 시작했다. 월요일에서 금요일까지 하는 나눔 시간은 나를 집중하게 했다. 준비하는 과정은 새로운 것에 대한 도전이었고, 하고 난 뒤의 뿌듯함이 있었다. '행복 누리 독서 모임'은 나를 다시 세상 속으로 들어오게 했고, '엄빠독'은 새로운 곳에 적응하기 위한 하나의 통로가 되었다. [자이언트 북 컨설팅] 이은대 작가의 명강의를 들으면서 찢어진 마음의 상처를 꿰매기 시작했다. 글쓰기는 나중 문제였다. 당장 내가 할 일은 현재의 나를 인정하고 적응하는 것이었다. 쉽지 않았다. 컴퓨터 앞에 장시간 앉아 있는 것은 고통이었다. 그래도 그 시간이 기다려지기 시작했다. 어느새 잠을 편하게 잘 수 있었고, 시계 배터리도 제자리를 찾았다. 몸은 여전히 지팡이를 짚었지만, 마음은 조금씩 홀로서기를 하고 있었다.

온라인 세계는 신기했다. 줌으로 강의를 듣는다는 것도, 그곳에서 사람들과 소통하며 이것저것을 나누는 것도. 사람들이 새벽부터 한밤 중까지 글을 쓰고, 자기를 알리기 위해 끊임없이 홍보한다는 것도 이상했다. 쏟아지는 정보 속에서 취해야 할 것과 버려야 할 것은 무엇인지 분간할 수 없었고, 먼저 발을 들여놓은 선배에게 물어도 그 역시 헤매고 있었다.

새벽 기상을 한다는 것, 꿈에도 생각한 적 없다. 야행성에 길들어 있어 평생 하지 못할 것이라 여겼다. 막상 해 보니 새벽 조용한 시간의 매력에 빠지고 말았다. 독서 모임에 발표도 해야 했다. 발표하려니 무엇으로 발표해야 할지 도구를 사용할 줄 몰랐다. PPT가 무엇인지 알지도 못했다. 한글과 영문 타자는 잘 치지만 컴퓨터를 활용한 다른 도구들은 사용해 보지 않아 몰랐다. PPT를 배웠다. 유튜브로 배운 것을 이용하여 발표도 할 수 있게 되었다. 신세계에서는 배워야 할 것도 많았다. 스마트폰이 그중 하나였다. 용어를 모르니 말귀가 어둡고, 무슨 말을 하는지 몰라서 따라가기 힘들었다.

카카오톡의 오픈채팅방을 알게 되었다. 네이버에 검색하면 "오픈채팅을 통해 1. 서로 모르는 사람들이 특정 주제를 기준으로 모여 콘텐츠를 주고받는 채팅방 형식. 2. 카카오톡에서 오픈채팅을 위해 만들어진 오픈채팅 커뮤니티"라고 설명하고 있다. 이방 저방을 다니며 무료 강의를 들었고 때로는 돈을 내고 듣기도 했다. 온라인 강사들은 말했다. 자기 것 배우면 전부 돈이 된다고. 초보가 왕초보를 가르치는 시대라며 떠들었다. 아는 만큼 가르치고, 배워서 그 배운 것을 또 가르치면 된다는 것이다. 지금까지 내가 살아온 방식과 너무나 달라서 믿을 수가 없었다. 대충 알고 그 대충 안 것으로 다른 사람을 가르친다는 사실이 나는 충격이었다. 남을 가르치려면 공부하고 또 공부해야 한다는 생각이 잘못된 것처럼 느껴졌다. 이 또한 세상이 변하고 있다는 생각이 들었다. 그렇다면 나도 변해야 한다. 적극적으로 배우고 가르침을 실행해야 한다. '열정이 넘치고 도전을 잘하는 선배'라는 말을 듣던 나였지만 그만두고 싶었다. 자신감이 없어지고, 실패에 대한 두려움도 있었다. 그래서 선뜻 시작하지 못했다. 배우는 것이 또 있었다. 사람들의 움직임이다. 돈, 돈이 된다고 하면 몇백 명씩 모인다. 공짜로 뭘 준다면 한꺼번에 우르르 몰린다. 공짜가 그렇게 좋은가? 공짜가, 공짜가 아님을 이 나이쯤 되니 알겠는데 아직 그들은 젊어 모르는 걸까? 돈과 공짜. 달콤한 것은 사실이지만 그 달콤함에 흔들려야 하는 것일까. 그러고 싶지는 않다.

허리 수술받고 절뚝거리며 몸도 제대로 가누지 못했을 때, 세상이 삐딱하게 보였고 삶의 의욕이나 열정도 전혀 없었다. 지금도 그때를 생각하면 마음이 약해진다. 세 가지를 배웠다.

첫째는 사람이다.

희영 대표와 안 대표가 아니었더라면 나는 지금 어떤 모습일까. '사람의 귀함'을 잊지 말아야 한다.

둘째는 배움이다.

뭐가 됐든 배우고 익히고 도전하고 연습하면 사람은 누구나 활력을 되찾을 수 있다.

셋째는 목표다.

크든 작든 내가 도달하고자 하는 목표를 선명히 세워두기만 하면 어떻게든 살아낼 수 있다.

지금도 건강 상태가 완전하지 않다. 하지만, 한 가지는 확실히 약속할 수 있다. 사람을 소중하게 여길 것이고, 배움을 멈추지 않을 것이며, 절대로 목표를 놓지 않을 것이다. 가을이다. 쓸쓸하지 않다. 힘을 내 본다.

어디로
갈 것인가

●
정유나

"내년이면 우리 어디에 있을까?"

해가 바뀌면 어디로 갈지 궁금해 하고 어떤 곳으로 가면 좋겠냐고 묻는다. 끝내는 결과가 나와봐야 알지 않겠느냐로 끝나는 대화는, 찬바람이 불면 등장하는 우리 부부 레퍼토리다. 군인 남편 따라 이사 다닌 지 10년 차, 또 다른 곳으로 갈 마음 준비하는 시기다. 같은 처지 이웃들도 그랬다. 내년에 이동하느냐 어디로 가느냐 묻고, 떠날 사람들에 아쉬워했다. 그러면서도 다음 해를 기대하며 연말 분위기를 한껏 당겼다. 하지만 어디로 갈지 모르는 상황에서 이어지는 대화는 비슷했다. '어디로 가게 될지 알면 어린이집 대기라도 걸어둘 텐데….'

반면 다음 해 근무지가 정해지면, 막막함에 나왔던 말도 비로소 명확해지고 무언가 시작할 수 있었다. 이사할 곳 근처 학교와 학원을 알아보고 주변 생활시설을 파악하느라 몸과 마음이 분주해졌다. 지역 카페에 가입해서 정보를 교환하기도 하고 학교나 일자리에 관해 묻기도 하였다. 어떤 삶을 마주하게 될지 떠올리며 이사 전부터 새로운 곳에 대한 적응을 준비했다. 그래서 이맘때 우리의 가장 큰 관심사는 단연코 이것이었다. 우리는 어디로 가게 될 것인가.

가고자 하는 곳을 알고 있어야 제대로 움직일 수 있다는 것, 삶에서도 마찬가지다. 이것이 목표가 필요한 이유다. 그저 좋은 곳으로 가고 싶단 생각만으로는 움직이기 쉽지 않다. 적당히 괜찮은 곳을 찾아 헤매거나, 생각만 하다가 출발조차 어려울지도 모른다. 하지만 갈 곳을 정확히 안다면 내비게이션에 주소를 입력하고, 즉시 출발할 수 있다. 주유소에 들렀다 갈 수도, 동행자를 태우느라 돌아갈 수도 있다. 하다못해 자동차 수리로 시간이 걸린대도 목적지만 잃지 않는다면 다시 출발할 수 있는 것이다. 포기하지 않는다면 언젠가는 원하는 곳에 도착할 테다.

우리나라 축구선수 이강인은 현재 파리 생제르맹 소속으로 활약 중이다. 축구를 좋아했던 아버지 영향으로 세 살부터 아르헨티나 축구 영웅 디에고 마라도나의 영상을 보며 자랐다고 한다. "마라도나보다 축구를 더 잘하는 선수가 될 거예요." 이강인이 꼬마일 때 한 예능프로그램에서 했던 말이다. 마라도나처럼 개인기를 잘하는 선수가 되고 싶다고도 했다. 자라는 동안 마라도나는 그의 입에서 자주 오르내렸다. 실제로 이강인은 개인기가 좋고 빠른 선수라는 평을 듣는다. 또한 경기 중에 킬패스라는 기술을 보이곤 하는데, 마라도나가 잘 쓰던 방식이라 한다. 이는 특정한 제스처를 취하거나 멀뚱한 표정을 지어 상대 선수를 방심하게 한 후, 허를 찌르는 패스나 공격으로 이어가는 기술이다. 그럴 때는 마라도나와 표정까지도 닮았다. 22세, 아직 어린 선수지만 실력이 월등하여 세계 축구 전문가들 사이에 극찬이 끊이질 않는다. 마라도나처럼 개인기 잘하는 선수! 목적지가 분명했던 꼬마 이강인의 꿈은 이미 이루어졌다고 해도 과언이 아니다.

"엄마, 독서기록장 70번까지 썼어요. 벌써 3등급 됐고, 조금만 더 하면 2등급이에요. 앗싸!"

딸 학교에서 독서 인증제를 시행한다. 책 읽고 독서기록장에 감상문을 작성하면, 연말에 내용을 평가하여 시상한다. 읽은 권수에 따라 등급도 달리 매겨지는데 벌써 3등급이 되었다며 기대에 찬 소리를 내는 것이다. 처음부터 욕심이 있었던 것은 아니다. 3등급을 목표로 기록해 보자 제안했지만 시큰둥했다. 그도 그럴 것이 작년에 시행했던 독서 인증제 결과가 3등급에 한참 미치지 못했기 때문이다. 책을 좋아해서 어디든 앉기만 하면 읽었지만 기록에는 관심이 없었다. 학기 초에 받은 기록장을 어딘가에 던져두고 방학이 되면 과제로 작성하는 정도였다. 그렇게 겨우 30권을 채웠었는데, 올해 3등급인 70권을 제시하니 썩 자신이 없었다. 딸이 독서 인증제를 계기로 읽은 내용을 기록하고 차곡차곡 쌓아 성취감을 느꼈으면 했다. "주희 책 많이 읽는데, 일주일에 두 권씩만 해도 충분히 달성하겠는걸." 그 말에 희망이 보였을까. 그 정도면 해보겠다며 독서기록장을 채워갔다. 계획대로 하지 못해 밀린 때도 있었고, 독서기록장을 보면 한숨부터 내쉴 때도 많았다. 밀린 때에는 다시 시작했고, 힘들 땐 일주일에 한 권씩이라도 기록했다. 힘든 시간도 있었지만 3등급이란 목표치를 향해 아주 조금씩 나아갔다. 한 걸음씩 차곡차곡 채워갈수록 독서기록장과 함께하는 시간이 늘어났다. 앞장부터 쭉 훑어보기도 하고, 몇 등급이 되었을지 권수를 세며 현재 위치를 가늠하기도 했다. 지금은 학교 다녀오면 독서기록장부터 찾는다. 매일 읽고 기록한다. 나날이 적용하는 단어가 늘어나고 감상도 풍부해진다. 예전에는 주로 엄마가 추천하는 책을 기록했지만, 요즘은 내용을 훑어보며 직접 책을 고른다. 3등급에서 2등급, 그리고 1등급으로 스스로 목표치도 올렸다. 꾸준히 하면 할수록 발전하는 모습이 보인다. 꾸준함의 힘, 딸을 보며 배운다.

"와! 이대로라면 다음 달에 1등급 달성하겠는걸."

그 말에 이미 목표에 도달한 듯 딸의 얼굴이 활짝 폈다. 풀이 죽어 시작했지만, 점점 자신감이 차오른다. 독서기록장을 가까이하는 시간이 느는 것만 봐도 알 수 있다. 그녀의 목표는 이루어질 것이다. 그날, 기쁨으로 가득 찰 딸의 얼굴을 그려본다.

어디로 가야 할지 몰랐다. 방향을 잃고 방황하는 것이 청춘의 특권이라면 참 톡톡히도 누렸다. 수도자로 살아가고 싶었다. 수도원 이곳저곳 살피며 어떤 곳이 나와 맞을지 고민하고, 본당 수녀님과 상담하며 수도자로 살아갈 미래를 그렸다. 졸업 후 바로 입회하는 것보다 사회생활을 조금이라도 하고 가는 것이 수도원 삶에 적응하는 데 나을 거란 말이 있었다. 입회에도 지참금이 필요했는데, 직장생활도 경험하고 부모님께는 손 벌리지 말자는 생각에 잠시 수도원 생각은 접고 취업을 준비했다. 그 후 다른 친구들처럼 취업을 준비하다가 어이없게도 수험생

도대체 뭐가 잘못된 거지?

활에 발을 들여놓았다. 빨리 합격할 수 있을 줄 알았다. 직장생활 하면서도 하고 싶은 것 병행할 수 있는 환경이 공직이라 생각했다. 입회 전 가능한 한 많은 경험을 쌓고 싶었기 때문이다. 수험생활이 뜻대로 되지 않자, 이번에는 해외 봉사로 눈을 돌렸다. 신문에서 해외봉사단 모집을 우연히 보았을 때 심장이 얼마나 쿵쾅거리던지. 한때 긴급구호가였던 한비야의 삶을 동경하던 나였다. 수개월에 걸쳐 준비하여 지원했고 면접까지 보았지만, 이 또한 뜻대로 되지 않았다. 다시 제자리로 돌아왔다. 졸업 후 한참이 지나서야 직장에 첫발을 디딜 수 있었다. 인생은 타이밍이라고 했던가. 수도원은 점점 멀어졌으나 함께 가정을 이룰 남편을 만났다.

방황이라고 해도 될까. 결혼 후에도 갈피를 잡지 못했다. 결혼할 즈음 직장을 그만두고 남편이 있는 서울로 왔다. 다시 시작해야 했다. 시험을 치르고 입사해서 잘 다니던 직장도 남편의 근무지 이동으로 1년을 채 다니지 못했다. 그러다 출산과 육아로 집에 들어앉게 되면서 내 거처에 관한 방황에 잠시 쉼표를 찍었다. 마침표가 아니었다. 매년 이사하며 낯선 곳에 떨어졌다. 홀로 집에서 살림하고 육아하는 사람이 되어가면서 '나'라는 존재가 사라지는 것 같았다. 나를 찾고 싶었다. 이번에는 인생 2막에서 이유 있는 방황이 시작되었다. 내가 좋아하고 잘하는 것이 무엇인지 찾아보기도 하고, 어떤 일을 할지 여기저기 기웃거리기도 했다. 마음공부도 시작했다. 취업을 위한 준비, 투자 공부, 독서 등 하고 싶은 것도 많았다. 답이 짠! 하고 나타나 그곳으로 매진하면 좋았겠지만, 그것도 아니었고 찾는다고 바로 나오지도 않았다.

제법 찬 바람 부는 계절이 왔다. 예전 같으면 연말 분위기에 취해 한 해가 이렇게 끝나는구나 아쉬워했을지 모른다. 작년에 적었던 이루고 싶은 목록을 재탕하며 '이번에는 반드시' 하고 주먹을 쥐었을지도. 그동안 보고, 듣고, 느낀 바를 토대로, 이런 결심은 하지 않기로 했다. 어디로 가야 할지 몰랐지만 그건 내가 선택하면 그만이었다. 그저 잘못된 선택으로 시행착오를 겪지 않길 바라는 마음이 컸을 뿐이다.

지금 밟고 있는 땅에 굳건히 서기로 했다. 오늘이란 하루에 두 발을 딛고 마음을 쏟아 살아내는 것, 이것이 내가 할 수 있는 전부라는 결론에 이르렀다. 한 해의 끝이라는 그림을 생각하며, 오늘을 잘 살아내는 것. 이렇게 나는 '오늘'로 내 삶의 방향을 설정했다.

"올해 남은 시간 그냥 보내면 내년도 똑같아요. 아직 두 달이나 남았어요. 남들은 내년을 생각할 때 여러분은 남은 시간에 집중해야 합니다."

글쓰기 수업 시간, 작가님의 말이 마음에 박힌다. 쌀쌀한 계절, 누군가는 한 해를 마감하고 누군가는 오늘도 전진한다. 한 해의 남은 시간을 단단히 챙기고 싶어졌다.

그래서
네가 한 게 뭔데?

●

조지연

초등학교 6년, 중학교 3년, 고등학교 3년 개근상을 받았다. 남들 대리 출석도 한다는 대학 때도 나는 결석 한번 하지 않았다. 그만큼 성실하고 책임감이 강한 사람이라 생각했다. 어린 시절은 부모님이 시키는 대로 선생님이 하라는 대로, 하고 싶은 것 없는 수동적인 삶을 살았다. 말을 잘 들으면 잘 살 줄 알았다. 학교에 빠지지 않고 개근상 받으면 그게 큰 자랑거리라 생각했다. 뚜렷한 목표가 없었다. 그저 주어진 길을 가고 열심히만 살아왔다.

2022년 1월 새벽 기상을 시작했다. 자기 계발 열풍이 불었다. 지금까지 열심히는 살고 있지만 뭔가 이루어 낸 것도 없고 허무하다는 생각이 들 때였다. 남들은 잘사는데 혼자 뒤처지는 것 같았다. 무작정 새벽에 일어났다. 혼자 새벽에 일어나려 했다면 불가능했을 일이다. 코로나 사태로 인한 무기력을 깨우는 아침 루틴 프로젝트 '514챌린지'에 참여했다. 514 챌린지란, 온라인 지식커뮤니티 MKYU 회원들이 새벽 5시에 14일간 기상하는 프로젝트다. 이를 통해 나는 새벽 기상하는 사람이 되었다. 챌린지는 일 년 동안 계속되었고, 나는 한 번도 빠지지 않고 성공했다. 내가 가장 잘하는 출석하기가 빛을 보는 순간이었다. 목표를 세우고 성취했을 때 기쁘고 감격스러웠다. 그러나 새벽 기상이라는 목표만 이룬다고 끝이 아니었다. 선명한 목표가 필요했다. 나는 일어나기는 했으나 그 후 무엇을 해야 하는지 몰랐다. 다른 목표가 없었기 때문이다. 내가 뭘 잘할 수 있을까. 내가 하고 싶은 게 무엇일까. 목표가 없으니 흔들렸다. 다시 고민이 시작되었다.

선명한 목표가 있어야 한다. 목표는 내가 나아가야 할 방향을 제시한다. 나의 노력과 에너지를 어디에 집중해야 할지 목표를 설정해야 알 수 있다. 선명한 목표란 무엇일까? 무엇을 이룰 것인가. 목표는 선명할수록 달성 가능성이 커진다. 스포츠 중에서 어떤 것이 있을까. 양궁을 예로 들어 생각해 보자. 양궁을 보면 정확한 목표 설정이 얼마나 중요한지 알 수 있다. 내가 만약 양궁선수인데, 내 과녁이 어디인지도 모른다면 어떻게 될까. 거기다 안경까지 다른 사람의 것을 끼고 있다면? 무조건 실패할 것이다. 세상에 자기 과녁이 어디인 줄도 모르고, 거기에 다른 사람 안경을 끼는 사람이 어디 있겠냐는 생각이 들 수 있다. 그러나 내 목표가 아닌 다른 사람, 부모님이 시키는 대로 살아가는 사람도 많다. 또 남의 안경을 끼고 살아가는 사람도 있다. 남이 제시하는 가치관으로 살아가는 사람이다. 내가 하고 싶고, 되고 싶은 삶을 목표로 삼고 있는지 생각해 봐야 한다. 목표가 있으면 좋은 점은 무엇일까.

도대체 뭐가 잘못된 거지?

첫째, 목표는 우리에게 동기부여를 제공한다. 목표를 향해 나아가고 희생을 기꺼이 감수할 수 있도록 해준다.

둘째, 목표가 있어야 성취감을 느낄 수 있다. 나를 존중하는 마음이 생기고 나에 대한 신뢰가 높아진다.

셋째, 성장과 발전을 도와준다. 목표를 향해 노력하고 달성함으로써 배우고 경험이 쌓여 더 나은 내가 될 수 있다.

넷째, 시간을 관리한다. 목표를 정하지 않고 무작정 열심히만 하면 시간 낭비다. 목표를 향해 나아가기 위해 시간을 분배하고 우선순위를 정할 수 있다.

다섯째, 강해진다. 달성 과정에서 도전과 어려움에 부딪히게 된다. 이러한 도전에 극복하면서 우리는 성장한다. 어려움을 경험하며 강해진다. 목표를 정하고 그것을 달성했을 때 기쁘다. 작은 목표라도 이루었을 때의 성취감은 매우 크다. 노력한 결과를 보고 성공적으로 마무리했다는 자신감이 생긴다.

목표를 세우고 그것을 달성하기 위해 사는 사람과 그렇지 않은 사람은 차이가 난다. 자기 계발을 하면서 많은 사람을 알게 되었고 그들을 지켜보았다. 잘 되는 사람은 하나라도 배우면 적용하고 목표를 세워 이루어 나간다. 똑같이 강의를 듣고 배우지만, 목표를 세우고 해내는 사람과 듣기만 하고 끝내는 사람은 서서히 격차가 벌어진다. 나는 후자에 속했다. 동기부여 강의를 듣거나 책을 읽으면 열정이 타오른다. 그러나 생각만 하다 흐지부지되고 만다. 뚜렷한 목표가 없기 때문이다. 내가 원하는 것을 이루려면 목표를 세우고 실천해야 한다. 그래야 변한다.

　새벽 기상을 한다고 일찍 자고 일찍 일어났다. 가족들 자는데 혼자 일어나 우당탕 소리를 내니 남편이 자다가 깨서 뭐 하냐고 물었다. 책을 읽고 강의를 듣는다고 했다. 가끔 잠이 부족해서 짜증을 내기도 했다. 예민해지고 멍해지는 날도 있었다. 더 잘 살기 위해 새벽에 일어나고 독서도 하는데 왜 달라지는 게 없을까 답답했다. 다른 사람과 비교하며 나는 잘하는 게 없는 것 같다며 자책하기도 했다. 비교는 나를 초라하게 만든다. 갑자기 눈물이 나기도 했다. 최선을 다해 사는데 왜 달라지는 게 없을까. 그건 바로 목표가 없기 때문이다. 남편은 나에게 뭔가 열심히는 하는데 티가 나지 않는다고 한다. 나에게 네가 한 게 뭐냐고 물었다.

　"나 새벽에 일찍 일어났잖아."

　"그래서 네가 이루어낸 게 뭔데?" 나는 아무 말도 할 수 없었다. 결과물이 없었기 때문이다. 눈에 보이는 성과가 없었다. 의기소침해지고 우울해졌다. 남편은 그럴 거면 자기 계발하지 말고 차라리 놀라고 한다. 재미있는 영화나 예능도 보고 즐겁게 살라고 한다. 자기는 전업주부인 나처럼 시간이 많으면 진짜 재밌게 놀 수 있을 것 같다고 한다. 편하게 할 수 있는 일이 얼마나 많은데 왜 혼자 스트레스받는지 이해가 안 된다고 한다. 차라리 잠이나 푹 자서 기분 좋게 지내라고 했다. 나는 뭔가 하지 않으면 불안하고 걱정이 많다. 가만히 시간 보내며 리모컨 채널만 돌리면 머리가 멍하다. 사람마다 자기가 좋아하는 것이 다르다. 나는 성장하고 자기 계발할 때 행복하다. 공부하고 배워나가고 채울 때 살아있는 것을 느낀다. 그러나 목표가 없으면 번아웃이 오게 된다. 내가 뭘 하고 사는 건지, 왜 이러고 있냐는 생각이 불쑥 들 때가 있다. 그러니 목표를 세워야 한다. 방향을 잡아야 한다. 목적지를 정해야 한다. 내가 진짜 원하는 모습을 그림으로 그려보아야 한다. 그래야지 방황하지 않고 나아갈 수 있다.

책을 읽을 때 그저 읽기만 했다. 분명 읽을 때는 좋았는데 책을 덮으면 남는 것이 없었다. 책을 읽으면 한 문장이라도 노트에 적어두고 나에게 적용해야 한다. 그리고 남들에게 내가 깨달은 좋은 것을 전달하는 것이다.

사람은 배우는 것보다 가르치면서 더욱 성장한다. 어느 장애인의 딸이 공부를 잘했다는 얘기를 들은 적이 있다. 그 비결이 학교에서 배운 내용을 집에 가서 엄마에게 가르쳐 준 것이라 한다. 그만큼 가르쳐주는 것은 중요하다. 책을 읽다가 얻게 된 내용을 기록해야겠다. 그리고 SNS에 남들이 도움 될만한 내용을 정리해서 올린다. 그러면 성취감도 있고 뿌듯할 것이다. 결과물이 있으니 더 의욕도 생길 것이다. 한 게 뭐냐는 질문에 대답할 수 있는 결과물을 만들어 내야겠다. 지금 할 수 있는 일은 블로그에 기록하기와 인스타그램에 카드 뉴스 하나라도 올리는 것이다. 그런 꾸준함과 보여주는 결과물에 나를 응원하는 팬들도 생기는 것이 아닐까.

나는 날마다
더 좋아지고 있다

●

황지영

"아, 참. 이거 어쩌지. 수학 점수가 낮으니 갈 데가 별로 없다."

대학 배치표와 수능 성적표를 대조할수록 고개가 떨구어졌다. 수학 탐구영역 점수가 정말 내 점수가 맞나 싶다. 모의고사 때보다도 더 낮은 성적이라니. 이과생이라고 말하기 민망할 정도다. 다행히 외국어 영역은 만점을 받았다. 영어 가산점을 받을 수 있는 곳에 원서를 쓰는 것이 좋을 것 같았다. 문과로 교차 지원할 수 있는 학교를 찾았다. 점수에 맞춰 원서를 넣었다. 교차지원으로 불합격할 수도 있다는 소문이 나돌았다. 대학 홈페이지에 수시로 들락날락했다. 발표날이 되었다. 합격자 조회 배너를 클릭하고 이름과 수험번호를 입력했다. 화면 창이 바뀌는 데 시간이 제법 걸렸다. 동그란 로딩 표시가 한 바퀴 돌 때마다 가슴이 쿵쾅거렸다. 화면이 바뀌었다. 결과 확인 후 신입생 등록금 고지서 출력 버튼을 눌렀다. 끝이 보이지 않던 학창 시절과 이제 작별이다.

고등학교 2학년 여름, 절친 S가 갑자기 사라졌다. 안녕이란 인사도

도대체 뭐가 잘못된 거지?

없이, 잘 지내라는 안부 말도 없이 홀연히 떠났다. 하루아침에 사라질 줄이야. 친구 전화번호로 전화를 걸었지만 받지 않았다. 나중에는 없는 번호라는 안내 음성 메시지만 나올 뿐이었다. 친구의 행방을 찾아보려 했다. 그러나 선생님들도 친구들도 모두 모르겠다는 말뿐이었다. 죽었는지 살았는지 도무지 알 수가 없었다.

S는 중고등학생 시절 내내 붙어 다닌 친구였다. 가족보다 더 많은 시간을 함께했다. 얼굴만 봐도 웃었다. 몇 시에 기상했는지, 좋아하는 연예인은 누군지 등 사소한 이야기를 매일 나눴다. 비밀도 공유했다. 서로를 베프(best friend)라 부르며 오래오래 함께하자 약속했다. 그랬던 친구가 이제 곁에 없다. 절친과의 이별은 수험생활 전반을 뒤흔들었다. 점점 얼굴은 굳어가고 표정이 사라졌다. 웃지도 말하지도 않았다. S와 팔짱 끼고 다니던 복도를 지날 때면 눈물이 났다. 함께 산책하던 학교 운동장 잔디밭은 쳐다보지도 않았다. 혼자라는 사실이 어색하고 낯설었다. 마음 달랠 무언가가 필요했다. 음악을 들었다. 딴 세상에 있는 느낌이 들었다. 귓가에 들려오는 멜로디가 일렁이는 외로움을 토닥였다. 용돈을 모아 CD를 샀다. 팝송, 가요, 클래식 등 장르를 가리지 않았다. 어떤 음악이든 닥치는 대로 들었다. 그러다 무슨 바람이 불었는지 힙합에 빠졌다. 쉬는 시간, 점심시간, 청소 시간, 심지어 공부할 때도 귀에 이어폰을 꽂았다. 비트에 맞춰 고개 까닥까닥하며 리듬을 탔다. 쉴 틈 없이 쏟아내는 랩을 들으며 외로움을 떨쳐버리려 애썼다. 음악을 듣는 동안에는 친구 생각이 나지 않았다.

하루하루를 그냥 흘려보냈다. 명확한 목표도 꿈도 없었다. 뭐가 되고 싶다는 생각도 하지 않았다. 의자에 앉아 공부해야 할 나 대신 책가방이 내 자리를 지켰다. 과제가 있으면 과제만, 숙제가 있으면 숙제만 했다. 지금까지 공부한 것에서 현상 유지만 겨우 하는 정도였다. 시간이 지날수록 성적은 흔들렸다. 내신 성적이 잘 나오지 않으면 수능 잘 보면 된다고 대책 없이 변명했다. 모의 수능 점수가 낮으면 실전에서 잘하면 된다고 안일하게 생각했다. 그저 그렇게 적당히 대충 공부했다. 오답 노트 한 권 다 채우는 데 오랜 시간이 걸렸다. 핵심 내용 요약 정리한 프린트물 대강 훑어보고 파일첩에 넣어놓기만 했다. 나중에 볼 거라며 모아 놓은 프린트 파일첩만 하나둘씩 늘어났다. 시험에 아는 것만 나오길 바랐다. 결과는 뻔했다. 지금까지 받아 본 적 없는 낮은 성적. 당연했다.

대학 등록금 내는 날 아빠는 다이어리를, 엄마는 편지를 주셨다. 부모님의 선물은 갈피를 잡지 못하던 나를 건져냈다. "대학 캠퍼스를 걸으니 그렇게 좋을 수가 없더라. 하고 싶은 것 맘껏 해봐."라며 격려해 주시는 아빠. "인생은 단거리 경주가 아니라 마라톤이야. 속도보다 완주가 중요해. 뭐든 될 거다."라며 믿어주시는 엄마. 다이어리를 품에 안고 끅끅거렸다. 편지 위로 뚝뚝 떨어진 눈물은 동그란 자국을 만들었다. 무엇을 하고 싶은지, 어떤 것을 도전하고 싶은지 다이어리에 끄적여 보았다. 한 번도 써본 적이 없으니 쉽지 않았다. 그냥 머릿속에 떠오르는 생각을 마구 썼다. 영어를 잘하고 싶어! 남을 도와주고 싶어! 외국에서 공부해 보고 싶어! 자꾸 적다 보니 신기하게도 점점 하고 싶은 것이 생겼다.

엄마 덕분에 사범대학에 진학했다. 잊고 있던 어릴 때의 모습을 엄마는 기억하고 계셨다. 일곱 살, 유치원에 갔다 오면 나는 항상 곰 인형과 토끼 인형들을 소파 위에 나란히 올려놓고 그 앞에서 선생님 흉내를 냈다. 사촌 동생들이 놀러 오면 온종일 학교 놀이를 했다. 나는 언제나 선생님 역할이었다. 책에 있는 꽃 사진을 보여주며 이름을 알려주었다. 동물 울음소리와 모습을 흉내 내며 동물 맞추기 게임을 했다. 종이에 알파벳을 쓰고 소리 내 읽으며 놀았다. 헤어질 때가 되면 우린 서로 부둥켜안고 방에서 나가려 하지 않았다. 동생들은 집에 가기 싫다고 엉엉 울었다. 어릴 적 모습이 하나둘 떠올랐다. 정신이 번쩍 들었다. 영어 교사가 되고 싶다는 꿈이 생겼다. 목표가 정해지니 어떻게 하면 될지 방법을 찾기 시작했다.

영어와 친해지고 싶었다. 영어 뉴스 동아리에 가입했다. 신문 기사를 프린트해서 앵커가 된 듯 따라 말했다. 영어 연극도 했다. 대본을 짜고 캐릭터를 분석하며 영어로 감정을 표현하는 방법을 공부했다.

남을 도와주고 싶은 마음에 '굿네이버스 희망 나눔 학교'에 참여했다. 방학 중 보호 사각지대에 있는 초등학생들을 교육하는 봉사활동이다. 주로 고학년을 맡아 영어 뮤지컬을 진행했다. 아이들은 대본 외우는 것을 힘들어했다. 쉽게 외울 방법이 무엇일지 찾아보았다. 노래 가사 바꿔 부르기를 생각했다. 영어 대사 발음을 한글로 적은 뒤 좋아하는 노래에 맞춰 부르게 했다. 노래하듯 공부하듯 문장을 외우게 하니 아이들은 즐거워했다.

외국 학교에서 공부해 보고 싶었다. 어학연수 방법을 찾아보고 필요한 어학 점수를 만들었다. 운 좋게 UC 버클리(University of California, Berkeley) 교환 학생 프로그램에 참여할 수 있었다.

하나씩 도전하고 경험했다. 꿈은 더 명확해졌다. '꿈 실현 계획'을 만들었다. 목표를 위해 해야 할 것과 필요한 것을 정리하고 구체화했다. 의지가 솟았다. 할 수 있다고 매번 되뇌었다. 절로 에너지가 생겼다. 임용 합격 날. 꿈은 현실이 되었다. 축하 인사를 건네며 나를 업어주시던 아빠와 두 손으로 내 뺨을 감싸고 기쁨의 눈물을 흘리던 엄마의 모습을 잊을 수 없다.

수능 공부하던 나와 임용 공부하던 나는 완전히 다른 모습이었다. 무엇 때문일까? 바로 목표가 있었느냐 없었느냐의 차이다. 나에게 집중하면 하고 싶은 것을 찾게 된다. 고등학생 때는 꾹꾹 눌러 담은 부정적인 감정에 사로잡혀 있었다. 나를 돌보지 않았다. 그저 힘든 생활이 빨리 끝나기만을 바랐다. 반면 대학 생활과 취준생 시절은 달랐다. 공부해야 할 것들은 많았지만 즐거웠다. 하기 싫은 일이 아니라 간절히 원하고 바라는 것을 목표로 두었기 때문이다. 생생한 목표와 이를 위해 하나씩 해낸 경험은 나를 더 단단하게 만들었다. 이래도 흥 저래도 흥 마음잡지 못하고 비틀거리는 모습은 이제 찾아볼 수 없다. 뭐든 할 수 있다는 긍정 마인드를 장착했기 때문이다. 이제는 달라졌다. 어떤 일이든 주저하거나 피하려 하지 않는다. 들여다보고 생각하고 필요한 것을 나열한 뒤 단계를 만든다. 하나씩 행하려 노력한다. 뚜렷한 목

도대체 뭐가 잘못된 거지?

표는 나를 더 좋아지게 만드는 힘을 준다. 나는 매일 삶의 방향을 잡는다. 내가 바라는 모습을 그려본다. 꿈이 생기고 길이 보인다. 나는 날마다 모든 면에서 조금씩 더 좋아지고 있다.

목적지가 보여야
나아갈 수 있다

●
황현정

목표에 대해 생각해 보면, 세 가지 장면이 떠오른다. 대구국제마라톤대회 10㎞ 구간, 자전거 전국 일주에 참가했던 기억과 첫 아이 육아할 때의 추억이다. 세 가지 경험 모두 경중의 차이는 있지만, 그 과정들이 쉽지만은 않았다. 그러나 돌이켜보면, 두 장면과 마지막 장면엔 차이가 있다.

2014년 대구국제마라톤대회 (10㎞)

마음이 설렌다. 이번이 세 번째 참가이다. 이번엔 시간 단축까지 목표로 하고 있다. 홀로 참가한 건 아니다. 함께하는 사람들은 독서 모임 회원들이다. 독서 모임 총무를 하고 있는데, 회장뿐만 아니라 회원들도 마음이 잘 통했다. 대부분이 직장인이고, 미혼의 젊은 청년들이었다. 독서 모임 이외에도 새벽 기상, 바자회, 야유회, 캠핑, 연말 파티 등 여러 활동을 시도했었다. 책 읽는 문화재단 지원금으로 초청 강연도 했다. 채팅방에서 수시로 이야기하고, 일주일에 서너 번 만나는 것은 예사였다. 이번엔 마라톤 참가이다. 아침부터 함께 와서 응원하고 있다. 정작 마라톤에 참가하는 사람은 다섯 명인데, 응원하는 사람만 여덟 명이다. 형형색색 직접 만든 플래카드를 들고, 참가자들의 옆쪽에서 큰 소리로 응원한다. 누가 보면 42.195㎞ 풀코스 도전자들을 응원하러 온 줄 알 것이다. 하지만 우린 10㎞에 도전 중이다. 그래도 우리는 서로를 보며 함께 웃고 응원하며 그 시간과 공간을 채워나간다. 응원과 달리기를 함께 하는 사람들이 있었기에 무사히 결승점에 도착할 수 있었다. 기존 기록이 오십몇 분, 한 시간 몇 분이었다면, 이번엔 49분 정도의 기록이 나왔다. 함께였기에 완주할 수 있었고, 시간 단축이라는 목표까지 이룰 수 있었다.

자전거 전국 일주

2002년은 월드컵 열기로 대한민국이 뜨거웠을 때이다. 그때 난 17명의 전국 사회복지 대학생들과 자전거로 전국을 뜨겁게 달리고 있었다. 선진 사회복지 기관을 다니며, 그곳의 철학과 가치를 배우는 시간이었다. 자전거로 전국 일주를 가겠다고 부모님께 말씀드렸을 때, 부모님은 걱정이 크셨다. 낯선 사람들과 가는 것도 걱정이지만, 나의 자전거 실력을 알고 계시기에 더욱 그러했다. 동네에서 자전거를 타다가 차가 지나가면 무서워 얼른 내려서 세웠다. 직선으로만 무난히 타는 정도의 실력이었다. 그런 내가 자전거를 타고 전국을 달리겠다고 하니, 걱정이 이만저만이 아니었다. 그럼에도 불구하고 자녀의 뜻을 응원해주신 부모님께 다시 한번 감사드린다. 전국 일주를 하며 사회복지기관만 들린 게 아니다. 자연이 주는 아름다움도 마음껏 누릴 수 있었다. 우리를 인솔하신 선생님은 낭만이 가득하셨다. 아름답고 멋진 곳이 있으면 그냥 지나치지 못하셨다. 열혈 청춘 대학생들에게 더 많은 것을 보여주고 싶어하셨다. 새벽부터 밤늦게까지 자전거를 타기 일쑤였다. 아름드리나무 아래에서든, 어느 시골 초등학교에서든 자연을 벗 삼아 낮잠을 자기도 했다. 뜨거운 한낮의 열기를 식히고자 계곡이나 바다에 뛰어들기도 했다. 음악과 밤하늘의 별빛은 언제나 우리 곁에 있어 주었다. 무엇보다 17명의 그들이 있었다. 아침부터 자기 전까지 함께 자전거 페달을 밟고 웃고 노래 부르는 그들. 지역 주민들의 도움도 받고, 경찰의 에스코트를 받기도 했다. 혼자였다면 달성하지 못했을 것이다. 함께였기에 가능했다. 6주 동안 자전거로 전국을 돌아보겠다는 뚜렷한 목표가 있었다. 3,300㎞라는 거리를 무사히 완주할 수 있었다.

2017년 첫째 육아

아직 100일도 안 된 첫째와 단둘이 집에 있다. 첫째는 모유도 먹지 않고 분유도 거부하며 계속 운다. 기저귀를 살펴봐도 깨끗하다. 안아줘도 울고 업어줘도 보채고 그냥 눕혀놔도 징징댄다. 언제까지 칭얼거릴 것인가. 아들이라 힘이 넘치는지 먹은 것도 없는데, 오래도 운다. 울다 지치면 잘 수도 있겠지만, 그 전에 내가 먼저 포기하고 싶다. 울고 싶다. 때마침 점심시간이라 신랑에게 전화가 왔다. 점심은 먹었냐고 묻는 그 목소리에 울음이 왈칵 쏟아졌다. 아기의 이런저런 행동들을 울먹이며 일러바친다. 신랑도 짐작했을 상황이다. 아이도 살펴야 하고, 젖병도 씻어야 하고 밥 먹을 시간이 어디 있나. 근데 또 밥을 먹어야 모유도 나오고 육아를 버틸 힘이 된다. 애는 계속 보채고 어떻게 해야 할지 모르겠다며 하소연한다. 스스로 나쁜 엄마인가 보다 자책도 하고, 아이를 울게 내버려 둘 거라며 마음에도 없는 소리를 늘어놓는다.

마라톤 10㎞ 참가나 자전거 전국 일주는 한 시간 또는 6주로 끝나는 시간을 알 수 있었다. 달리기나 자전거 모두 혼자 해 나가야 하나, 함께하는 사람들이 가까이에 있었다. 처음으로 하는 육아는 달랐다. 끝을 알 수 없었고, 모든 것을 혼자 이겨내고 있다고 느껴졌다. 육아에 대해 잘 알지 못하니, 계획이나 목표를 세우기도 어려웠다. 눈앞의 일을 당장 처리하기에 급급했다. 모든 것이 낯선 초보 엄마는 하루하루 견뎌내는 시간만 계속 이어질 것 같았다. 세 아이를 키우며 돌아보니, 육아에도 성장단계마다 끝이 있었고, 해결해야 할 과업도 존재했었다. 그 당시에 좀 더 넓은 시각을 가졌었다면 좋았을 텐데. 어찌어찌 아이를 키워냈지만 미리 알았다면, 육아도 게임처럼 재미있게 해낼 수 있었지 않았을까. 나뿐만 아니라 육아로 삶이 달라진 신랑이 함께하고 있음을 깨달았다면 힘이 되었을 것이다.

인생도 끝이 없어 보인다. 그래도 우리는 알고 있다. 언젠가는 끝난다는 것을.

현재 상황이 막막하다고 느낄 때 많았다. 앞으로의 날들도 캄캄해 보일 때가 꽤 있다. 그럴 때마다 노트를 펼쳤다. 내가 정한 목표를 다시 확인한다. 여전히 가슴 떨리는 목표인가? 나는 지금 제대로 잘 가고 있는가? 스스로 질문을 던지면서 방향을 점검한다.

목표를 재점검하고 나면 힘이 난다. 희미하긴 하지만, 조금씩 앞이 보이기 시작한다. 등산을 생각해 보면 쉽게 이해할 수 있다. 저기 멀리 산 정상이 보이면 힘이 솟는다. 숲이 우거진 등산로를 따라 아무것도 보이지 않을 때, 더 지치고 힘이 드는 법이다.

자기 목표를 다시 확인하는 이 단순한 작업을 통해, 나는 살아갈 힘을 얻는다. 인생은 혼자다. 스스로 함께해 주는 내가 되자. 저기 앞에 목표가 보인다. 주먹을 불끈 쥐어본다.

2장

목표는
어떻게 삶을
바꾸는가

나의 삶을 충만하게
만들어 주는 목표!

●
강문순

　며칠 전 교회 지역사회 위원들과 함께 포천 허브 아일랜드로 워크숍을 다녀왔다. 지역 발전을 위해 시간을 쓰고 재능을 기부하며 봉사하는 선한 사람들의 모임이다. 오십여 명이 여섯 조로 나누어 게임을 했다. 주최 측에서 미리 준비한 열 장의 사진을 보고, 그 사진과 똑같이 찍은 사진을 빨리 카톡 방에 올리는 조가 우승이다. 나는 누구보다 발 빠르게 움직이며 적극적으로 게임을 리드했다. 이왕이면 1등을 해보자는 목표가 있었다. 먼저 일을 분담했다. 사진 찍는 사람, 사진 속 모델이 되어 주는 사람, 다음 장소를 검색하고 물색하는 사람. 적극적으로 자기 일에 최선을 다한 덕분에 빠르게 미션을 완수할 수 있었다. 함께 느낀 성취감이 있었다. 우승을 목표로 달린 결과였다.

　사람들이 나보고 뭐든 열심히 잘하는 사람이라고 한다. 부정하고 싶지 않다. 내가 봐도 정말 열심히 살고 있기 때문이다. 내가 선택한 일과 내가 맡은 일의 결과가 어떻든 최선을 다하며 살고 있다. 어릴 적 기억이 나를 이렇게 만들었다.

중학생 시절 어느 겨울날, 담임선생님이 우리 반 아이들에게 학교 운동장 청소를 하라고 했다. 무지 추운 날이었다. 아이들은 주머니에 손을 넣고 어깨를 잔뜩 웅크려 내동댕이쳐진 싸리 빗자루를 발끝으로 툭툭 치며 불만을 토했다.

"하필 이렇게 추운 날 운동장 청소를 하라는 거야?"

"아이 추워~ 이 씨."

아무도 빗자루를 들려 하지 않았다. 점점 얼굴이 얼얼해지고, 얇은 운동화 속 발가락이 얼고 있는 것 같아 발을 동동거렸다. 괴성을 지르며 추위를 이겨보려 애썼다.

"으윽, 너무 추워~"

빨리 청소하고 교실로 들어가는 것이 제일 좋은 방법이었다. 빗자루를 번쩍 들었다. 온 힘을 다해 운동장을 쓸었다. 쓸다 보니 요령도 생겼다. 오른쪽 왼쪽 휘두르며 비질했더니 예쁜 길이 만들어졌다. 발만 동동거리며 옷깃을 세우고 서 있을 때보다 몸이 따뜻해지기 시작했다. 한참을 앞만 보며 쓸다 보니 더워서 땀이 다 났다. 허리를 세워 뒤돌아보니 몇몇 아이들도 함께 쓸고 있었다. 그때 그 기분! 그때 흘린 그 땀이 지금의 나로 성장시켰다. 이왕 할 거면 열심히 하는 사람으로 말이다. 원래 성격이 우유부단해서 이럴까 저럴까 많이 망설이고 고민하는 나다. 망설이다가 놓치는 것도 많아 후회도 많이 하지만 일단 고민을 끝내고 뭔가 결정하고 나면 각근면려(恪勤勉勵)한다. 목표를 성취하기 위해선 '성실'이 최고임을 운동장 청소를 하며 깨달았기 때문이다.

은행 다닐 때 실적 스트레스에서 벗어나기 위해 나만의 작은 목표를 세웠다. 모든 걸 다 잘할 수는 없어서 내가 잘할 수 있는 것 한 가지를 정했다. 주택청약종합저축! 목표를 달성한 사람에게 '맘마미아' 뮤지컬 VIP석이 포상으로 내려진다. 하루에 5좌 이상이라는 목표를 세우고 나니 손님에게 권유할 수 있는 용기가 생겼다. 처음엔 자신감이 없어서 목소리도 크지 않았다.

"손님 청약통장 하나 하시겠어요?"

묵묵부답으로 고개를 좌우로 흔드는 손님부터 지금은 시간이 없어서 다음에 하겠다는 손님까지 거절당하기 일쑤였다. 그래도 포기하지 않고 꾸준히 권유하다 보니 핵심을 말하는 요령이 생겼다.

"손님, 주택청약종합저축 통장이 새로 나왔는데 한번 보시겠어요? 이 상품은 꼭 아파트 청약에 당첨되지 못하더라도 금리가 일반 적금 보다 높아서 손님께 유리한 상품입니다. 게다가 만기도 없고 자유적립식이라서 혹시 돈이 없을 땐 쉬었다가 입금해도 되고 여유가 있으시면 한꺼번에 입금해도 되는 일석이조 상품인데, 손님뿐만 아니라 자녀들을 위해 미리 가입하나 해두시는 건 어떨까요?"

목표는 나를 청산유수로 만들었다.

오늘 꼭 해야 할 일을 포스트잇에 메모하고 책상 앞 가장 잘 보이는 곳에 붙여 두는 습관이 있다. 해야 할 일을 하나씩 끝내고 지우는 맛이 삼삼하니 좋다. 오늘은 설문지 프린트, 오후 강의 PPT 점검, 메일 보기, 초고 한 꼭지 쓰기, 여행 준비물 체크라고 적었다. 이것이 오늘 내가 해내야 할 목표다. 거대하고 커다란 목표가 아니더라도 소박한 목표들이 나의 삶을 충만하게 만들어 주었다. 하루 일상 중 먼저 해내야 하는 일이 정해지고 나면 자연스럽게 일의 우선순위도 정해졌다. 좋아하는 드라마를 과감히 내려놓고 시간을 벌었다. 틈새 시간을 사용할 줄 아는 지혜도 생겼다. 빡빡한 시간 속에 강의 아이디어까지 창출했다.

목표랑 친해지고 나니 목표 없이 어영부영 생활할 때보다 확연히 다른 사람으로 변하였다. 첫째, 진취적이고 성실한 사람. 둘째, 용기와 희망을 잃지 않는 사람. 셋째, 소박한 목표를 성취하며 행복한 사람.

생각을 목표에 집중하다 보니 할 일이 많아져 바빠졌다. 작은 목표들을 성취하며 기분 좋은 에너지가 계속 유지되어 어려움을 극복해 내는 힘도 생겼다.

"뭐 하러 그렇게 열심히 살아요?"

늦은 나이에 대학원까지 다니며 꾸준히 공부하고 봉사하며 책까지 쓰는 나에게 누군가 묻는 말이다. 다른 건 없다. 행복하기 위한 선택이다. 누구나 인생 최종 목표는 행복 아닌가? 크고 작은 목표를 세우고 달성하는 행복이 나의 삶을 충만하게 바꾸어 주었다. 지금 행복한 이유다.

아빠처럼

김정민

아빠처럼 되고 싶었다. 엄마와 아빠 모습은 나를 여기까지 이끌었다. 아빠처럼 되겠다는 목표가 작가까지 되게 했다. 확정되었다. 아빠처럼 사회복지 하면서 목사님으로 행복을 전하길 바랐었는데 시인과 작가라니. 시를 쓰고 난 후에는 시 쓰는 목사님이 되고 싶었다. 언니, 오빠들과 함께하며 아무 말 하지 않고 가르친 교육. 어릴 적 내가 시를 쓰기 시작할 때 그 누구도 그것을 목표라고 생각하지 않았다. 엄마 눈엔 그저 시집이라기보다 낙서로 보였겠지. 어쨌건 모아야 했다. 시라 말하고 쓰기 시작했다. 달라졌다. 언제까지 뭘 할지 고민한다. 하루 작은 목표를 잡기 시작했다. 끝까지 가게 된다.

이번에 7번째 책이 나온다. 서른까지 10권 집필을 목표로 삼고 있다. 이제 얼마 남지 않았다. 우선 오늘 독서할 페이지를 정하고 다음 책을 언제 낼지 정한다. 이렇게 오늘 하루 잘 살기로 했다. 다음 걸 언제 내고 작다면 작다 더 작게 오늘 독서할 페이지를 잡는다. 자연스레 꿈이 되었고 목표가 되었다. 엄마 아빠가 강요하지 않았다.

생각났다. 이런 내가 왜 이리 바글바글 살아야 하는지. 5살 때 일이다. 누워 있다가 엎드려서 언니, 오빠들을 보았다. 주먹을 쥐고 울기 시작했다. 그 당시 가족 12명. 위에 여섯 아래 여섯 옹기종기 모여 잤다. 어린 마음에 알면서도 힘들었나 보다. 때로 혼자였다면 어땠을까 고민한 적이 있다. 그래도 변하지 않고 여기까지 올 수 있었던 이유는 아빠처럼 되겠다는 생각이었다. 그렇게 지금 내가 되었다. 시 쓰고 글 쓰는 사회복지사 이제 하나 남았다. 하나하나 이루어진 모습이 지금 나다. 아직 성장 중이다. 앞으로 어떻게 달라질지 기대해 본다. 지금 자체가 달라진 점이라 말하는 이유다. 나는 작가가 된 후 달라졌다. 첫째, 걱정이 줄었다. 둘째, 학교 빠지는 일이 없다. 셋째, 쉽게 울지 않는다.

아빠처럼 되겠다던 목표가 하나하나 더해지며 커졌다. 큰 목표가 있었기에 지금 내가 있다. 목표가 없었다면 어떻게 살았을까. 힘들었던 중학교, 버틸 수 있었던 이유. 개인 저서 먼저 내고 공저는 한 서른쯤 생각하고 있었다. 중학교 이야기는 개인 저서가 있으니 더는 꺼내지 않겠다. 이렇게까지 말했으니 마무리 지어야지. 마무리할 때까지 시간은 걸리겠지. 기다리는 동안에도 나올 거라는 점 미리 밝혀 둔다. 시동 제대로 걸어야겠다. 이 자리에 있는 한 안 쓰게 되진 않을 거니까.

내가 왜 아빠처럼이라고 하는지 이야기해 본다. 왜 굳이 아빠와 같은 길을 선택했냐 것이다. 그냥 안한다 했어도 됐는데 말이다. 첫 번째 이유는 안할 수 없었다. 두 번째 언니, 오빠들 때문이다. 세 번째 이걸 안 한다면 무엇을 할 것인가였다. 맞는 말이었다. 그냥 가면 되는 거 아니냐고. 엄마의 꿈 때문도 있었다.

　엄마가 어느 날 꿈을 꾸었는데 내가 걸어오고 있었다고 했다. 그리고 엄마 손에는 하얀 목사님 가운이 들려 있었다고 했다. 엄마가 입었을 땐 더러웠는데 나한테 입히니 깨끗해졌다고, 그래서 알았다고 했다. 나도 그 얘기를 듣자마자 받아들였고 변한적 없다. 그러다 시를 쓰기 시작한 후로 시 쓰는 목사님, 사회복지사, 마지막 작가까지 크게 잡고 있었다. 그 목표가, 지금의 나를 있게 하고 더 나아가게 하고 있다. 다른 건 다 흔들리더라도 목표가 흔들리지 않는다면 끝까지 갈 수 있다. 지금은 위에서 말했듯이 작게, 작게 목표를 설정 중이다. 오늘은 독서도 딱 한 꼭지만 하기로 했다. 이따가 숙제도 해야 한다. 6시 이후에 할 것이다. 운동도 해야 한다. 8시쯤 해야 할 것 같다. 하나만 해야겠다. 이렇게 목표를 매일 잡으니 알차다.

　지금 자리에서 작가로 살며 달라질 이야기, 언니 오빠 둘과 함께하는 이야기…. 쓸 거리가 느는 만큼 나는 또 성장할 것이다. 아빠처럼 목사님으로, 사회복지사로 사는 삶에 관해 쓸 것이고 쓰며 배우며 달라지리라 확신한다. 아직도 목표로 뭐가 달라지는지 모르겠다면 생각해야 한다. 아빠 닮아 목사님이 되고자 하지 않는다면 대학원도 다니지 않았을 것이고 장애가 있다며 아무것도 하지 않고 있었을 나다. 목표가 있어서 시인, 작가, 사회복지사로 지금처럼 살겠다 할 수 있다. 당당히 말해본다. 달라졌고 달라질 것이며 달라지는 중이다. 목표 있으면 달라진다. 삶 자체가 달라진 나다. 아직도 달라지는 중이지만 나는 말할 수 있다. 작가가 되고 목표가 뚜렷해졌다. 아빠처럼 살고 싶다. 자라면서 아빠 이상을 꿈꾼다. 아빠는 사회복지사와 목사님으로 끝이라면 나는 시인과 작가까지 또 어떻게 달라질지 모른다. 시작은 분명하지 않더라도 끝없이 도전하고 목표하며 가는 삶은 다르다. 목표 없는 삶은 용납하지 않는다. 공저를 쓰는 이유는 작가라고 하고 있는데 시만 있기 때문이다. 고칠 곳을 알고 있어도 한동안 말하지 않으셨다. 수정할 게 있는데 수정할 생각이 없는 듯 멈추고 있었다. 안 되겠다 싶었다. 작가가 된 지 2년. 결국 자진해서 시작했다. 이번 공저 끝나면 더 성장하라는 글쓰기 선생님 말씀처럼 목표로 끝없이 성장할 나를 기대한다. 시작은 아빠처럼 지금 그보다 더 성장하는 나를 만난다. 작가가 된 후 발전한다. 목표 잡고 오늘도 간다.

새로운
세상으로

●
박명찬

해외 연수! 모니터 화면 가득 네 글자가 보였다. 현지 대학에서 어학 및 문화 체험이라는 내용이 눈에 들어왔다. 가슴이 두근거렸다. 꼭 도전하고 싶었다. 영어 수업을 진행하면서 한계를 느끼고 있던 때였다. 그곳에서 다양한 문화를 체험하며 배울 기회가 생겼다. 연수생으로 뽑히기 위해서 준비해야 할 것들이 많았다. 전담 교사 경력부터 수업 개선 대회 실적 등등을 제출해야 했다. 하고 싶었던 일이었기에 1년 이상을 계획했다. 학년 배정할 때 영어 교과 전담에 가장 먼저 손을 들었다. 수업 개선 대회를 준비했다. 그동안 해 보고 싶었던 수업을 다양하게 시도했다. 아이들과의 수업을 동영상으로 찍었다. 수업 후 영상을 반복 재생하며 아이들의 반응을 살폈다. 언어와 표정, 손놀림, 동작, 동선을 자세히 모니터링했다. 피드백이 많을수록 다음 수업은 조금씩 달라져 있었다.

방학은 내게 황금 같은 시간이다. 두 아이를 돌보면서 공부할 수 있는 시간이었다. 노트북을 켜고 연수를 듣는 동안 아이들은 방학 숙제를 하고 책도 읽었다. 180시간 이수해야 하는 테솔 연수를 들을 때는 3주간 집을 떠나 연수원에서 숙식해야 했다. 친정엄마는 열심히 해 보려는 딸을 격려하며 아이들을 잘 돌봐주었다. 방학까지 이어지는 영어 수업을 들으며 귀가 뚫리고 입이 열리는 것 같았다. 내가 성장하는 만큼 학생들에게는 나와 함께하는 수업이 재밌고 기다려지는 시간이었다. 학부모와 아이들의 반응이 좋았다. 보람과 자부심이 생겼다. 대회에서도 여러 차례 수상하였다. 테솔 자격증과 으뜸 교사 인증서도 받았다. 오픽 영어 말하기 시험에서 좋은 점수를 받았다.

해외 연수 프로그램을 생각하며 노력해 왔었다. 쉽지 않은 선정 과정이었지만 결국 연수 대상자에 합격했다. '선생님 대상자로 선정되신 걸 축하드립니다.'라는 메시지를 받고 환호하며 두 손을 번쩍 들었다. 2010년 미국 UC 데이비스 대학 연수를 시작으로 그 도전은 2013년 캐나다 밴쿠버, 2019년 미국 샌디에이고 연수로 이어졌다.

UC 데이비스 대학에서 한 달간 연수는 대한민국 교사로서 자부심을 느끼는 시간이었다. 전국에서 온 선생님들과 수업을 준비하고 발표했다. 준비한 수업이 잘 전달될 수 있도록 서로 봐주며 반복하여 연습했다. 새크라멘토 소재 초등학교 다섯 군데를 방문하여 한국 문화 소개 수업을 진행했다. 밤을 새워 우리나라를 소개하는 자료를 만들었다. 특별히 독도의 빼어난 자연을 소개하면서 독도가 대한민국 땅임을 강조했다. 학생들은 태극기와 무궁화를 색칠했다. 제기차기, 딱지치기는 직접 만들어 보고 체험하는 시간을 가졌다. 한복 입기는 줄 서서 기다리는 최고 인기 활동이었다. 미국 한가운데서 우리 문화를 가르치는 선생님들은 그 어느 때보다 자부심과 열정이 넘쳤다. 선생님들의 진심이 전해졌다. 수업에 참여했던 아이들이 학교를 떠날 때까지 졸졸 따라다니며 좋아했다. 외국에서도 우리 선생님들의 우수성이 빛났다. 이때의 경험은 오랫동안 현장에서 열정을 불태우게 했다. 수업 후에는 선생님들과 현지인처럼 샌프란시스코 시내를 돌아다녔다. 지금도 아름다운 추억으로 남아있다.

캐나다 밴쿠버에 머무르는 동안 홈스테이 호스트와 좋은 인연을 맺었다. 다문화에 대한 편견을 깨는 시간이었다. 호스트 부부는 홍콩과 일본 2세대 이민가정 출신이었다. 그들은 미술 아카데미와 홈스테이를 운영하고 있었다. 함께 생활하는 동안 학급의 다문화 학생들이 떠올랐다. 가족을 위해 책임을 다하는 모습은 세계 어디를 가나 닮아있었다. 이 땅을 살아가는 모든 이는 인종과 이념을 넘어 존중받고 사랑받아야 할 존재들이다. 이 부부와의 만남은 한국으로 돌아와 다문화 교육 업무에 적극적인 계기가 되었다. 그곳에 있는 동안 호스트 부부의 주말 여행에 동행하는 행운도 얻었다. 로키산맥을 여행하며 빙하 녹은 호수들을 많이 만났다. 산과 호수가 맞닿은 배경에서 부부와 사진을 찍었다. 지금도 그 사진 볼 때마다 친절하고 고마웠던 기억이 떠오른다.

미국 샌디에이고대학에서 만난 교수님들은 재활용품과 자연을 활용한 융합 교육을 강조했다. 예를 들어 센터럴 교실에서는 버려진 옷과 천을 자르고 붙여 도화지에 마음껏 표현하는 활동을 했다. 작품 활동이 끝난 후 둥글게 모여 앉았다. 그 속에 담은 자기 생각을 나누는 시간을 가졌다. 한 아이는 말했다.

"선생님, 버려진 천으로 드레스를 만들었어요. 쓸모없는 천이 제 손에서 이렇게 예쁜 드레스가 되었어요."

아이는 감동하여서 훌쩍였다. 말하기, 듣기, 미술 상담 수업이 동시에 이루어졌다. 어디서나 구할 수 있는 재료로 얼마든지 감동적인 수업을 할 수 있음을 배웠다. 당시 디지털 기기를 활용한 수업을 당연하게 여기던 때라 신선한 충격을 받았다. 덕분에 지금까지 디지털 속 번쩍이는 자료보다 재활용품과 소박한 자연물을 활용한 수업을 선호한다. 아이들이 직접 보고 만지고 냄새 맡고 느낄 수 있는 재료가 최고의 수업 자료다.

해외 연수 프로그램 참여는 나의 성장에 많은 도움이 되었다. 영어라는 외국어 하나만큼은 자신감이 생겼다. 완벽하지 않아도 도전하는 것이 즐겁다. 외국 여행을 갈 때면 현지인과 얘기하는 것이 두렵지 않다. 영어로 소통하면 어디서든 친구를 사귈 수 있었다. LA 여행 갔을 때 일부러 지나가는 사람들에게 길을 물었다. 마트에 들리면 상품에 대해 이것저것 물었다. 호텔에 머무르며 로비를 뻔질나게 드나들었다. 덕분에 현지인들만 안다는 장소에도 들릴 수 있었다. 박물관에서 관광객에 섞여 해설사의 설명을 들으며 따라다녔다. 못 알아듣는 게 대부분이 었지만 가끔 들리는 몇 문장에 그 작품이 오래도록 기억되었다. 학생들 을 인솔하여 필리핀 현지 학교 교류 학습도 잘 다녀왔다. 학교에 오는 원어민 선생님들과 자주 교제하며 도움을 주고 있다. 교회 외국인 부 서에서도 8년째 봉사활동을 하며 많은 이들을 돕고 있다. 영어 덕분에 할 수 있는 일이 많아졌다.

지금도 영어 공부를 하고 있다. 화상 영어를 하느라 30분씩 늦게 퇴 근한다. 영어를 좋아하는 선생님들과는 3년째 원어민과 스터디를 하고 있다. 출퇴근길에는 EBS 영어 방송을 듣는다. 영어 공부가 마냥 재밌 는 것만은 아니다. 그냥 편하게 신나는 노래 들으며 가고 싶은 날도 있 다. 그래도 계속 공부하는 이유는 첫째, 보람이 있고 둘째, 외국인들과 접할 기회가 많아졌으며 셋째, 여행작가가 꿈이기 때문이다.

누구나 좋아하고 잘하는 일 한 가지는 있다. 그 일은 새로운 세상으 로 이끈다. 좋아하고 잘하는 영어로 나는 아이들과 행복한 수업을 한 다. 낯선 여행을 즐긴다. 다양한 사람들을 만난다. 그들을 돕는다. 내 가 좋아하고 잘하는 일로 만들어 가는 새로운 세상 날마다 기대된다.

신용불량자,
회사를 경영하다

●
백영숙

40대 초반 남편 사업 실패로 우리 가족 다섯 명은 방 두 칸 있는 집으로 이사를 했다. 할 수 있는 것이 없었다. 무턱대고 칠성시장에 갔다. 포장마차를 주문했다. 장사를 하기 위해서다. 지인 소개로 시지동 대인 약국 앞에 자리를 마련했다. 새벽, 칠성시장 가서 필요한 재료를 샀다. 메뉴는 호떡, 어묵, 순대였다. 저녁에 재료는 미리 준비해 두어야 한다. 호떡 만들 밀가루를 반죽해서 발효시켰다. 멸치, 새우, 무, 등 여러 가지 재료를 넣고 어묵 맛국물도 만들었다. 경험은 없지만 야심찼다. 불쾌감을 주지 않기 위해서 포장마차 주변을 깨끗이 정리 정돈했다. 어묵 물 마시는 컵과 간장 컵은 일회용을 준비했다. 솥 위에는 쇠 선반을 만들었다. 어묵이 붇지 않게 올려놓기 위해서다. 먼지 들어간다고 비닐 팩을 잘라서 어묵을 덮었다. 그때 즐겨 들었던 김종환의 사랑을 위하여 카세트테이프도 틀었다.

"아줌마 호떡 다 타요" 호떡은 사 먹기만 해봤다. 바로 시작부터 했다. 그러니 호떡 옆구리가 터져서 설탕이 새어 나올 수밖에 없었다. 어설픈 손놀림을 보던 아주머니가 "아줌마 나와 보소" 하더니 집게를 받아서 호떡을 뒤집어 주었다. 미안해서 서비스로 하나를 더 드렸다. 손은 여기저기 데서 물집이 생겼다. 3, 4일간의 연습이 더 필요했다. 호떡이 맛있다는 소문이 난 모양이다. 가끔 줄이 길게 서 있는 날도 있었다. 어설펐지만 최대한 좋다는 재료는 다 넣었다. 가끔 술 안 판다고 시비 거는 사람도 있었다. 잠시 머무는 그들과 서로 이야기도 주고받았다. 단골손님도 생겼다. 그때는 낯을 가리는 편이었지만 금방 적응이 되었다. 사는 거 별거 아니구나.

고난은 성장이다. 시간이 지날수록 남편의 사업은 더 어려워졌다. 2004년 4월 보험회사에 입사했다. 절대라는 말을 함부로 쓰면 안 되겠다는 걸 나를 통해서 확인됐다. 살다가 내 앞에 어떤 일이 일어날지를 생각하지 못했다. 보험은 절대 못 한다는 말을 하고 다녔다. 누군가에게 부탁하는 걸로 생각했기 때문이다. 물론 보험회사에 입사하게 된 동기는 친구의 권유로 시험만 치기로 한 거였다. 교육을 받으면서 생각이 달라졌다. 마음이 바뀔 수 있다는 것도 깨달았다. 가치 전달이라는 생각으로 바뀌었다. 연고 계약은 하지 않기로 했다. 어려웠던 상황이었기에 지인들에게 불편을 주고 싶지 않았다.

개척만이 살길이다. 매주 화요일 동명 공단을 갔다. 한 곳도 빠지지 않고 공단에 있는 회사를 방문했다. 자주 가다 보니 고객이든 아니든

편하게 만날 수 있었다. 그래서 가끔 커피 대접도 받았다. 공단 내 반도체 공장에 방문할 때면 식당에서 직원들과 점심도 같이 먹었다. 어쩌다 한 주 빠지는 날이 생기면 고객한테서 전화가 왔다. 무슨 일 있느냐고? 화요일은 빠지면 안 되겠구나 생각했다. 신입 5개월 차 때 보험회사 사보에 '신입사원 개척시장 도전'이라는 기사가 났다. 10개월 차에는 팀장이 되기도 했다. 큰 계약은 아니지만 작은 계약 건수는 많았다. 그렇게 시작한 보험 5년간의 마침표를 찍었다.

"백사장, 나와 일해보지 않을래?" 2008년 12월 서울에서 안 대표님과 서 이사님이 내려왔다. 안 대표님은 내가 지금 맡아서 운영하는 회사 대표다. 2005년 처음 식품 다단계 회사를 할 때 알게 되었다. 그래서 사장이라는 호칭이 붙었다. 보험회사에서 열심히 활동하는 모습을 눈여겨보았던 모양이다. "대표님, 저는 다단계는 할 줄 모릅니다" 하고 거절한 적이 있었다. 대표님은 다단계는 하지 않고, 방문 판매로 등록했다고 한다. 그러니 함께 일해보자고 했다. "고민해 보겠습니다." 하고 돌려보냈다. 그때는 보험회사에 다니고 있을 때였다. 한 달 뒤 안 대표님께 한번 해 보겠다고 연락을 드렸다. 순천과 마산, 경상도 지역을 맡아서 활성화해 보라고 했다. 직급은 매니저였다.

후회하게 될 거다. 2009년 11월 반월당에 사무실을 얻었다. 42평 보증금 천만 원에 월세 백만 원. 내게는 무리였지만 계약했다. 본사는 서울 강남에 있었다. 영업 매출 절반 이상이 서울에서 발생했다. 나는 지방 관리자였다. 건강식품 관련 경험이 부족했다. 대표는 매출이 많은 쪽을 지원했다. 재고가 남으면 서울 미자 매니저 산하에 제품 스무 박스를 지원했다. 난 다섯 박스를 지원받았다. 당연한 일이었지만 서운했다. 새로 출발하는 나에게 더 지원해 줄 것으로 착각했다. 역시 사회생활 냉정함을 느꼈다. 하지만 돌아갈 길이 없었다. 인정받고 싶었다. 회사에서 꼭 필요한 사람이 될 거라고 다짐했다. 월요일은 마산, 화요일은 문경, 수요일은 포항, 목요일은 순천, 금요일은 대구에서 고객들을 만나 상담하고 영업을 이어갔다.

핑계는 없다. 2010년 겨울, 눈이 내렸다. 길바닥에는 제법 흰 눈이 소복이 쌓였다. 서부 정류장에서 8시에 출발하는 순천행 버스를 탔다. 버스가 출발해서 5분 정도 지났다. 갑자기 굵은 눈발이 버스 창문을 가렸다. 윈도 브러시는 바쁘게 돌아갔다. 도로에 차들도 천천히 움직였다. 대구에 그렇게 눈이 많이 내리는 건 처음 봤다. 우리가 탄 버스 앞에서 승용차가 휙 돌아 우리 차 쪽으로 보고 있었다. 뒤따라가던 택시가 미끄러져 승용차 앞 범퍼와 부딪쳤다. 버스에 타고 있던 아줌마가 "아저씨, 저 여기서 내려주세요"라고 하자 버스 기사는 "안 됩니다. 위험합니다."라고 말했다. 고속도로 올리기까지 30여 분을 그렇게 시간이 지체되었다. 눈을 감았다. 무사히 순천까지 도착할 수 있기를 기도했다. 순천 시외버스 터미널에 도착했다. 정작 순천에는 진눈깨비만 내렸다. 휴, 한숨이 나왔다.

"사장님, 이거 하면 돈 됩니까?"

14년 전 일이다. 사업설명회하고 나오는데 요구르트 아줌마가 다가와서 내뱉은 말이다. 얼마를 벌고 싶으냐고 물었다. 한 달에 150만 원 벌면 요구르트 장사 그만둔다고 한다. "같이 노력해 봅시다."라고 했다. 3개월 뒤 하던 일을 그만두었다. 마산 합정동에 10평짜리 사무실을 오픈했다. 매주 지원을 나갔다. 순천에도 사무실이 생겼다. 우여곡절이 많았지만, 2014년 회사 대표가 되었다.

살다 보면 어려운 상황이 닥칠 수 있다. 안 좋다고 믿었던 상황이 나를 튼튼하게 세우는 밑거름이 되었다. 우리 인생에 좋은 것들만 이롭게 할 것으로 생각하지 않는다. 뜻하지 않게 찾아온 어려움은 나를 성장하게 했다. 묵묵히 길을 걷다 보니 새로운 길이 기다리고 있는 것도 보았다. 되고 싶은 것을 상상했다.

신용불량자, 회사를 경영하고 있다.

목표 하나
세웠을 뿐인데

●

이승희

밤 10시. 수업이 끝났다. 아이들이 빠져나간 공부방. 책상은 간식 부스러기, 지우개 가루, 여기저기 굴러다니는 연필이며 워크북 등으로 어지럽다. 휴지는 쓰레기통에 연필은 연필꽂이에, 미처 챙겨가지 못한 워크북은 잘 보관해 둔다. 책상을 깨끗이 닦고, 의자는 반듯하게 정리한다. 걸레로 바닥까지 닦는다. 한 걸음 물러서서 말끔해진 공간을 둘러본다. 이 정도면 됐어.

이젠 씻어야지, 샤워하면서 더운 물줄기로 피로를 날려 보낸다. 다시 말끔해진 책상에서 내일 수업 준비를 한다. 다 마치고 나니 12시. 하루를 마칠 시간이다. 자리에 누워 책을 보다 잠을 청한다. 기분 좋은 피로가 몰려든다. 내일 아침 또 기운차게 새날을 시작해야지. 입가에 저절로 웃음이 그려진다.

이혼 후 한참 헤맸다. 혼자가 된 현실에 적응하는 것이 힘들었다. 보란 듯이 잘살아 보겠다며 무리해 일을 벌인 일이 죄 실패했다. 우울증

도대체 뭐가 잘못된 거지?

에서 벗어나야 했다. 사람들을 만나고 규칙적으로 할 수 있는 일을 찾았다. 다행히 아이들 가르치는 일을 시작 할 수 있었다. 나이 들어 할 수 있는 일이 생겼다는 것에 감사했다. 아이들에게 뭔가 도움이 되는 일을 한다는 것이 보람찼다. 그런데 몸이 받쳐주질 않았다. 어려서부터 앓던 위장병, 소설 쓴 지 몇 개월 만에 얻은 좌골 신경통 때문에 고통스러웠다. 일 끝나면 바로 쓰러졌다. 다음날 늦은 아침에야 눈이 떠졌다. 어떨 땐 오후에 수업 시작할 때쯤이 되어야 몸이 움직여졌다. 그런 자신이 한심했다. '이렇게 살다 늙어 꼬부라지면 그땐 어쩔래?' 자책과 미움을 쏟아부었다. 가르치는 아이들 보기 부끄러워 애써 마음을 다잡으려 했지만 쉽지 않았다.

한 달 전. 청소하면서 오디오북을 듣고 있었다. 『기버』란 책이었다. 한 문장이 가슴에 와닿았다. '당신의 진정한 가치는 자신이 받는 대가보다 얼마나 많은 가치를 제공하느냐에 따라 결정된다.'

그 글귀를 듣는 순간 며칠 전 일이 떠올랐다. 3학년 우성이가 글쓰기 시간에 연필을 잡고 빈 노트를 들여다보고만 있었다. 10분 넘게 한 글자도 못 쓰고 있었다. 자신은 글을 못 쓴다는 강박이 있는 아이였다. 겨우 한두 줄 쓰거나 조금 어려운 주제다 싶으면 아예 시작도 못 하곤 했다. 움츠린 어깨가 안쓰러웠다. 나는 아이의 고개를 돌려 화이트보드를 보게 했다.

"우성아, 저길 봐. 네 이름 보이지? 아까 토론할 때 네가 한 대답이 쓰여 있네. 너무 잘해서 선생님이 별을 세 개나 그려줬잖아. 네 안에 이렇게 멋진 생각이 있는 거야. 이걸 그대로 공책에 옮겨 적기만 하면 돼."

한참 격려해 주자, 아이는 그제야 글을 쓰기 시작했다. 다 쓴 글 발표하게 했다. 친구들이 박수를 쳐 주었다. 그날 저녁. 아이의 어머니에게서 전화가 걸려 왔다. 정말 고맙다며 울먹이기까지 했다. 그때 느꼈던 뿌듯함이 떠올랐다. 비로소 깨달았다. 내가 가고 싶은, 가야 할 길이 선명하게 그려졌다.

'아이들에게 지식이 아니라 가치를 깨닫게 해주자. 틀릴까 봐 무서워서 못 쓰는 아이들에게 용기를 북돋워 주는 선생님, 함께 성장하는 라이팅 코치가 되자.'

청소하다 걸레를 손에 든 채 한참 앉아 있었다. 다시 도약하기에는 너무 늦었어. 빚 갚고 나면 돈 좀 모을 수 있겠지. 아들한테 짐은 되지 말아야지. 그런 마음으로 처져있었는데. 다시 심장이 뛰기 시작했다. 새로운 목표가 생겼다. 아이들 가르치는 일이 더 소중하게 다가왔고 수업이 즐거워졌다. 그때부터 삶이 달라지기 시작했다.

『통증 혁명』(존 사노. 국일미디어)이라는 책을 읽었다. 저자는 수많은 사람이 앓고 있는 위장병, 어깨 통증, 근골격계 질환은 환자 안에 쌓인 분노와 불안 때문에 생긴 것이라고 했다. 인간의 무의식이 분노와 불안에 직면하는 것이 싫어 통증을 일으킨다는 것이다. 환자는 통증에만 사로잡혀 있느라 분노와 마주하지 못하게 된다. 때로는 앓고 있던 통증이 사라질 수도 있다. 그러면 무의식은 재빨리 다른 통증을 만들어 낸다. 흔히들 통증이 옮겨 다닌다며 고통을 호소하는 것은 무의식의 농간 때문이라는 것이다. 그런데 환자가 이를 인식하는 순간 통증은 사라진다고 했다.

정말? 혹시, 나도? 나는 좌골 신경통이 언제, 왜 생겼는지 생각해 보았다. 이혼 후, 글 쓴 지 6개월 만에 생긴 것이었다. 이혼하면서 겪은 감정적 고통과 공포, 여전히 미련을 놓지 못한 자신에 대한 분노 때문에 생긴 통증이 아닐까? 깨달은 순간 거짓말처럼 통증이 사라졌다. 아니 통증이 사라진 건 아니다. 더는 통증에 끌려다니지 않게 되었다고 해야겠다. 좌골 신경통이 뇌가 만들어 낸 것일지도 모른다고 생각하자 칼로 저미는 듯한 아픔을 그저 바라볼 수 있게 된 것이다.

전에는 통증이 더 심해질까 봐 겁이 나 모든 걸 조심했다. 허리통증용 등받이를 꼭 챙겼고 운동도 함부로 할 수 없었다. 통증을 불러일으키는 자세는 하지 않으려고 조심했다. 그러다 보니 일상이 힘들었다. '통증 혁명'의 저자는 그런 것에 의지하는 것은 통증을 인정하는 것과 같다. 지나치게 의지하지 말라고 했다. 당장 등받이를 치웠다. 스트레칭도 열심히 했다. 결과는 놀라웠다. 마치 언제 그랬냐는 듯 몸이 부드럽게 움직여졌다. 통증을 느낄 때마다 따라붙던 부정적인 생각도 없어졌다. 아프기 전 일상을 되찾았다는 것만으로도 세상 살만했다.

아침에 일찍 눈이 떠졌다. 그동안 참석 못 했던 줌 아침 독서 모임에도 얼굴을 보였다. 책장에 꽂혀 있기만 하던 벽돌 책을 읽는다기에 나갔다. 『코스모스』를 다 읽고 난 후에는 호메로스의 『일리아스』에 도전한다고 했다. 그 역시 책장에 꽂혀 있는 책이었다.

어릴 때부터 그리스 로마 신화를 참 좋아했다. 수십 번, 아니 수백번은 읽었을 거다. 신화를 소재로 한 소설을 쓰겠다며 사 모은 각 나라 신화에 관련된 책이 책장 한 칸을 꽉 채우고 있을 정도다. 그런 얘기를 했더니 "그럼, 책 읽기 전에 그리스 로마 신화 강의 좀 해주세요." 다들 부탁했다. 그럽시다. 한 시간짜리 강의를 했다. 듣는 사람이라야 친한 사람 열 명 남짓. 옛날 얘기하듯 술술 풀어내면 되는 것이니 어려울 것도 없었다.

강의 끝난 후, 전화가 걸려 왔다. 강의가 너무 좋았다며 매일 책 읽기 전 10분씩 신화 강의해 줄 수 없느냐, 물었다. "『일리아스』가 배경지식 없으면 끝까지 읽기 힘들다고 하더라고요. 다들 중도 포기한대요. 미리 강의해 주면 수월하게 읽을 수 있을 것 같아요." 역시 고민 없이 하겠다고 나섰다. 어차피 성인 대상 라이팅 코치에 도전하려고 마음먹은 참이다. 강의 연습할 수 있으니 좋고, 매일 아침 6시, 10분 강의. 루틴 만들기에도 딱이다.

요즘은 아침에 눈 뜨는 것이 즐겁다. 사람들에게 가치를 전하는 일을 하겠다고 목표를 잡았을 뿐인데. 통증에 끌려다니지 않게 됐다. 좋아하는 강의를 할 수 있게 됐다. 학생도 조금씩 늘어나고 있다. 일이 술술 풀리는 기분이다. 비록 당장 눈에 띄게 수입이 늘어난 것은 아니지만 마음이 넉넉하다. 이미 부자가 된 기분이다. 목표 세우고 볼 일이다.

도대체 뭐가 잘못된 거지?

미숙에서
성숙으로

●

이증숙

이번 여름 유난히 비가 많이 왔다. 쏟아지는 빗속을 운전하느라 힘들었다. 도로 위에 빗물이 가득하여 옆 차바퀴에서 튀는 빗물이 앞 유리창을 덮치는 순간, 자동 세차하는 공간에 들어있는 것 같았다. 더는 운전할 수 없을 정도였다. 숨이 멎는 것 같았다. '헉' 소리가 튀어나왔다. 아찔한 순간이었다.

비가 오지 않더라도 운전 중에 잠시 딴생각을 한다거나 휴대폰을 보는 찰나에, 일어날 수 있는 일을 눈앞에서 보는 경우가 있다. 그럴 때마다 마음을 다잡거나 초보 때를 생각하게 된다. 머리카락이 쭈뼛 섰다.

2019년에 생긴 일이다. 아버지가 돌아가시고 기운이 빠진 엄마를 그냥 보고 있을 수가 없어 막내 연이 집으로 모시고 가는 중이었다. 올케를 남동생이 근무하는 충주에 내려 주고 수원으로 출발할 때까지 내비게이션은 잘 되고 있었다. 어느 순간 거리가 줄어들지 않는다는 것을 알았다. 고속도로로 진입해야 하는데 계속 시골길만 나왔다. 물어보려고 해도 사람이 보이지 않았다. 연이에게 전화를 하고 싶어도 어디가 어딘지 몰라 전화할 수도 없었다. 갑갑하기만 했다. 안내 표지판도 보이지 않았다. 얼마를 달렸는지 알 수가 없다. 속은 탔지만 표현할 수 없었다. 엄마는 모른 척하고 계시는 것 같았다. 지역의 표지판이 나와도 충청도인지 경기도인지 알 수가 없었다. 마침 연이가 전화했다. 여기가 어딘지 모르겠다고 했더니 잠시 차를 세우고 전화기를 껐다가 다시 켜라고 했다. 껐다가 다시 컸다. 꿈쩍하지도 않던 내비게이션의 거리가 짧아지기 시작했다. 2시간 거리를 4시간 걸려 도착했다.

1997년 IMF 직전 퇴직했다. '퇴직하면 신나게 놀아야지' 생각했다. 3개월이 지나고 나니 지겨웠다. 뭔가 하고 싶었다. 이듬해, 고용보험 덕분에 하고 싶은 것을 배울 수 있었다. 학원 가기 위해 아침 일찍부터 서둘렀다. 출근할 때처럼 하루가 금방 지나갔다. 자격증이 하나둘 늘어났다. 배운다는 것이 뿌듯함과 즐거움을 주었다. 기회가 왔다. 부산과 인천에 사무실을 둔 수입 목재회사의 러브콜. 주 업무는 수입 관련 업무와 총괄 경리, 일 년의 2/3 이상 해외 출장인 사장님 권한 대행이었다. 밀레니엄 시대를 맞아 제2의 직장 생활이 시작되었다. 출근 시간이 1시간 20분이나 소요되는 먼 거리였지만 힘들지 않았다. 그 시간을 즐겼다.

지하철로 출퇴근하며 하루 일정을 메모했고, 퇴근할 때는 그날 한 일과 내일 해야 할 일을 체크하며 업무를 마무리했다. 그때부터 지하철 타는 것을 좋아하게 되었다. 아침 출근 시간에 같은 칸에 타는 사람을 거의 매일 아침 만났고, 퇴근 때도 마찬가지였다. 맞은편에 앉은 사람들의 모습을 보면 찌푸린 얼굴로 휴대폰을 보는 사람, 찡그린 채 눈을 감고 있는 사람, 멍하니 허공만 보는 사람, 수다 떠는 사람, 전화로 떠드는 사람, 젊은이는 젊은이대로, 나이 많은 사람은 나이 많은 사람대로, 자신의 살아온 삶을 표정으로 나타내고 있는 듯했다. 그때부터 거울을 가지고 다니며 자주 보게 되었다. 만 6년을 근무하고 퇴직했다. 그 이후로 지하철을 긴 시간 타본 적이 없다.

사회복지를 전공할 때 장애인 생활시설에 간 적이 있었다. 당시 나를 안으려는 사람을 내가 안아 주지 못했다. 부끄럽고 미안한 마음에 언젠가 장애인 시설에서 봉사해야겠다고 생각했다. 만 18세 이상 여성장애인 생활시설에서 자원봉사자를 구한다기에 지원했다. 그곳에서 원하는 수업은 신체활동이었다. 언어가 제대로 되지 않는 4살 정도의 지능을 가진 사람들. 뭘 해줘야 할지 고민했다. 쉽고 재미있는 놀이 시간을 만들어 주고 싶었다. 그해 7, 8월 땀을 뻘뻘 흘리며 라인댄스 자격증을 취득했다. 웃음치료사, 각종 상담학을 공부했고, 그들을 위해 코믹 댄스까지 배웠다. 생활시설 내에서 만나면 반가워하며 볼을 비비고 목을 끌어안는다. 그러나 현관 밖에서는 내가 누군지 모른다. 매주 목요일 16명을 만나는 그날이 일주일 중 가장 행복한 날이었다. 그들과의 인연도 코로나로 인해 끊어졌다.

생활 스포츠 지도사 국가자격증을 취득하고 이력서를 들고 복지관으로 갔다. 관장님은 터닝포인트를 잘했다며 수업을 허락했다. 라인댄스 수업이었다. 제2의 인생이 시작되었다. 박치, 몸치, 음치, 길치인 내가 음악과 함께 댄스를 가르친다는 것이 가능할까. 불가능을 가능하게 만들기 위해 노력했다. 버스나 지하철을 기다릴 때 스텝을 밟고, 음악을 들었다. 댄스가 시작하는 부분을 정확하게 구령해야 회원들이 실수 없이 시작할 수 있다. 시작 구령이 어려워 음악을 듣고 또 들어야 했다. 살짝 미쳐있었다. 어느 날 보니 월요일부터 토요일까지 오전, 오후 수업을 하고 있었고, 내 수업에 등록하기 위해 새벽부터 줄을 서는 복지관 회원들도 있었다. 멀리 창원이나 대구까지 장거리 강의도 했다. 즐거운 비명을 지르며 신명 나게 다녔다. 역시 나는 가정용이 아니라 외출용이었다. 집 밖으로 나가는 차 안에서 음악을 듣고 목청껏 노래 불렀다. 비록 음치이긴 하지만.

이곳저곳에서 수업하다 보니 노래를 가르쳐 달라는 회원들이 생겼다. 노래 교실 다니며 노래를 배웠고, 자격증도 취득했다. 노래는 내게 부담이었다. 몸치는 극복했으나 음치는 극복하기에 오랜 시간이 걸리겠다는 생각이 들었다. 그러나 계획은 75살까지는 라인댄스로, 76살부터는 노래 강사로 즐거운 인생을 살려고 했다. 춤추고, 노래하는 즐거운 인생의 청사진을 그려놓았다. 그러나 이것 역시 코로나와 허리 수술로 멈춰있다. 댄스를 못 하는 지금도 '라인댄스'라고 하면 가슴이 설렌다.

목표가 있고 목표를 향해 나아갈 때 자신감이 있고 즐거웠다. 좋아하는 일을 찾게 되어 기뻤다. 그 일을 하루도 빠짐없이 할 수 있었고 그 즐거움은 수입이 되어 내게로 왔다. '좋은 운동을 나만 알고 있지 말고 알리자. 수강료를 내고 배우는 대신, 가르치면 운동할 장소가 생기고 수강료를 절약할 수 있다.'라는 생각으로 시작한 일이었다. 조 원장이 내게 한 말이 한시도 떠나지 않고 가슴에 남아있다. "일만 하다가 끝날 인생이 웃음 치료와 라인댄스를 만나 웃으며 춤추다 죽을 인생으로 바꿨다."라고. 나 역시 이런 삶을 살 줄 몰랐다. 내 가족들조차도.

내가 가진 잠재력 중에 이런 재능이 있을 줄은 몰랐기에 다시 노래 강사에도 도전한 것이다. 하면 된다. 안 해서 못 하는 것이라는 걸 다시 확인해 보고 싶었다. 남은 인생을 좋아하는 일을 하면서 많은 사람과 함께 즐기며 건강하게 사는 풍요로운 삶을 살고 싶다. 그래서 컴퓨터 안, 온라인 세상에서 또 다른 뭔가를 찾기 위해 하이에나처럼 살피고 있는지도 모르겠다. 내 안에 꿈틀거리는 또 다른 뭔가를 찾아서.

태도부터 다른
목표성취자

●
정유나

   어젯밤, 딸은 스스로 잘 준비를 마쳤다. 시키지 않아도 양치질하고 알아서 이부자리를 준비했다. 맞춰둔 알람을 다시 확인하더니 아빠 엄마에게 인사하고 먼저 잠자리에 드는 거다. 여러 번 잘 시간이라 말하고 불을 끄고 같이 누워야만 잠들었던 딸이다. 이게 무슨 일인가. 그녀의 긴장감이 내게 전해졌다. '너에게는 운동회가 제법 큰일이구나.'

   일주일 전, 청팀 계주 선수로 결정이 된 순간부터 딸은 걱정하고 기대하며 평소보다 상기되어 있었다. 편하게 잘 입는 빨간색 한 벌짜리 옷이 있다. 운동회날 입을 수 있냐고 며칠 전부터 계속 물었다. 혹시나 세탁기에서 나오지 못했을까 하고 말이다. 평소와 달랐던 딸의 행동에는 그녀만의 분명한 이유가 있었다. 운동회가 끝나고 물었더니, 늦게 자면 일어나기 힘들 것 같아서란다. 그리고 운동회날 일찍 일어나서 좋은 기분으로 시작하고 싶었다는 것이 그 이유였다. 평소 엄마가 일찍 자자고 말할 때는 별 반응 없더니, 스스로 마음이 동해야 하나 보다. 계주에서 잘 뛰고 싶다는 바람을 가진 순간부터 딸에게서 다소 결연한 모습을 볼 수 있었다. 친구가 더 잘 뛴다고 말하면서도 나도 포기하지 않겠다는 눈빛을 비쳤다. 딸의 바람은 태도 변화로 나타났고, 덕분에 원하는 대로 운동회 하는 날 기분 좋은 아침을 맞이할 수도 있었다. 운동회가 끝나고 딸의 일상은 되돌아왔다.

목표가 확실한 사람, 무엇을 해야 할지 알고 실천하는 사람은 에너지부터 달랐다. 보이지 않아도 어떤 식으로든 표출되고, 주변 사람들은 그것을 느낀다. 뭔지 모르지만 무언가 달라졌다고 이야기하며 살피게되는 이유다. 열정 있는 사람 옆에 있으면, 그 열정이 전염된다는 말도 있지 않은가.

마인드 파워 심화 과정을 다루는 교육에 참여한 적 있다. 수업 첫날, 스무 명 가까운 사람들이 강의 장소가 있는 역삼동으로 모여들었다. 부산, 대구, 천안, 평택 등 전국 각지에서 수업을 듣기 위해 토요일 새벽부터 움직였을 터다. 대표님은 먼저 도착한 수강생들과 이런저런 이야기를 나누고 있었다. 문을 열고 또 한 명의 수강생이 들어왔다. 사람들을 향해 인사하고 빈자리에 앉는 그의 발걸음을 따라, 대표님의 시선이 움직였다. "어머, 이 에너지 뭐예요?" 반듯한 양복 차림에 윤이 나는 구두를 신었다. 성큼성큼 걸어와 앉는 수강생 K. 50~60대로 보이는 중년 남성에게 건넨 대표님의 첫마디였다. K는 조용했지만, 시간이 지나며 존재감을 드러내기 시작했다. 강의실 안의 누구보다 수업에 충실했다. 수업 중간 손을 들어 거침없이 질문하고 과제도 제시간에 완벽히 해냈다. 다른 수강생들에게 아낌없이 정보를 나누며, 배우는 것과 사람을 대하는 것에 진심을 쏟았다. 책을 출간할 거라던 K는 교육이 끝나고도 배운 내용을 수 개월간 더 실천하더니 첫 책을 출간했다. 출간 10일 만에 2쇄를 찍었다. 그리고 1년도 채 지나지 않아 3쇄를 찍으며 베스트셀러 작가라 불렸다. 현재 K는 습관 만들기 전문가로 활동 중이다. KBS '아침마당'에도 출연했고 강의도 한다. 얼마 전에는 코칭 자격을 취득하더니 필요로 하는 사람들에게 상담을 시작했다. 이 밖에도 블로그, 독서, 영어, 운동 등 꾸준히 이어오던 습관을 발판 삼아 습관 전문가로 매진하며 여전히 성장세다.

강의실로 들어올 때부터 남다른 에너지를 지녔던 K는 실제로 뚜렷한 목표를 이미 가지고 있었다. 인간관계, 삶의 가치, 하고 싶은 일과 되고 싶은 사람 등 분야별로 이미지화된 뚜렷한 목표가 있었다. 작게 만든 이미지 책자를 지니고 다니면서 시시때때로 꺼내 본다고 했다. 처음부터 남달랐던 그의 태도에도, 하루를 쪼개어 사는 삶의 자세에도 이유가 있었다. K만의 인생 목표. 목표는 태도를 바꾸고 삶에 집중하도록 하는 최고의 장치. K는 여전히 흐트러짐 없는 좋은 습관으로 그가 가진 이미지 속 그림을 닮아가고 있다.

대학교 2학년 때다. 식품영양학과 학생이었는데 사회복지학과로 옮기고 싶었다. 당시 복지사회라는 흐름에 합류하고 싶었고, 개인적으로 더 관심 있는 분야이기도 했다. 식품영양학보다 인간 심리와 행동이 더 궁금했던 이유도 있었다. 과를 옮기기로 마음을 굳히고 나니, 다음 단계로 마음이 쏠렸다. 이제 무엇을 해야 할까? 2학년인 지금이 전과할 수 있는 마지막 기회였다. 복지학 전공수업을 듣자! 복지학과 학생들이 이미 듣고 있는 전공을 같이 들어야 전과 후에도 발맞춰 나갈 수 있겠다는 생각이 들었다. 거기서 좋은 성적을 받는다면 과를 옮기는 데에 유리할 것 같았다. 전체 학점 관리도 해야 했다. 지난해 학점이 만족스럽지 않은 과목은 방학을 이용하여 재수강했다. 목표가 생기니 마음가짐이 달라졌다. 수업 첫날부터 시험을 준비했다. 영양학과 친구들과 수업 듣고 어울리는 시간이 줄어드는 만큼, 복지학과 학생들이 눈에 익기 시작했다. 그들은 다른 과 학생인 나에게 관심 없었을지 모르지만 내 마음에 그들은 이미 친구였다. 교양과목 대신 복지학 전공으로만 채우면서 배수진을 쳤다. 조금은 외롭게 1년을 보내고 3학년이 되는 해 1월, 면접을 치렀다. 공기는 차고, 햇빛은 강렬했던 그날이 기억난다. 전날 밤잠을 설쳐 눈은 부었지만, 햇살은 눈뜨기 어려울 만큼 쨍쨍했다. 방학이라 학교 안은 조용했다. 복도에도 적막이 흘렀다. 차례가 되어 면접장으로 들어서니 복지학과 교수님 세 분이 나란히 앉아 계셨다. 이미 수업을 들어 낯이 익었다. 저분들은 나를 아실까? 어떤 질문이 날아들까? 당락이 결정될 시간이었지만 밤잠을 설친 것이 무색할 만큼 덤덤했다. 내가 할 수 있는 건 다 했고, 할 말도 있다는 자신감이 있었다. 정책론을 담당하는 남자 교수님이 3학년 때 과를 옮겨 잘 따라갈 수 있겠냐 물으며 미심쩍어하였다. 입을 떼기도 전에 가운데 앉은 여자 교수님이 대신 말을 받았다.

"우리 과 전공성적 좋아요. 잘했어."

'인간 행동과 사회환경(이하 인행사)'을 담당하는 교수님이다. 인행사 첫 시간부터 마지막까지 같은 자리에 앉았었다. 칠판이 잘 보이는 대각선 자리. 수업 후에는 그 자리에 남아 배운 내용을 정리하고 일어났던 시간이 생각났다. 다행이다. 결과적으로 나는 사회복지학과 학생으로 졸업할 수 있었다.

목표가 있었던 그해는 이전과 달랐다. 단과대학을 옮겨가며 수업을 들었고, 복지학 수업을 듣는 다른 과 학생들과 그룹을 만들어 과제를 수행했다. 방학에는 들었던 과목을 재수강하며 학점을 만회하려 했다. 혼자인 시간이 많았지만 그렇게 해야만 하는 나만의 이유가 분명했기 때문이다. 일 년의 시간이 허투루 돌아갈까 긴장을 놓기 어려웠어도 그때의 당찬 발걸음은 아직도 생각난다.

전보다 아침에 눈 뜨기 힘들어졌다. 새벽 4~5시에도 끄떡없이 일어나곤 했는데, 여섯 시가 넘어 겨우 일어나고 있다. 출근하는 남편 배웅은 해야겠기에, 그마저도 남편 덕이다. 시간에 쫓겨 움직이는 날은 늘었다. 출근 시간, 마감 시간, 약속 시간은 왜 이리도 촉박한지. 매일 적던 다이어리에는 빈 곳이 군데군데 보인다. 계획대로 끝내지 못한 일들이 일정표에 덩그러니 남아있다. 침체기가 온 것일까. 어쩐지 마음에 들지 않는 날들이 이어졌다.

공저 프로젝트에 참여하며 다시금 마음을 다잡았다. 기웃대던 몇 개의 목표들 대신 오늘 하루 잘 지내자는 나름의 기준을 세웠다. 주먹 불끈 쥐는 다짐은 아니다. 기복은 있기 마련이다. 작더라도 바람과 목표를 가지고 있을 때와 그렇지 않을 때의 차이를 알기에, 또다시 힘을 내본다. 과거 크든 작든 습관이나 행동을 개선하는 데 성공했었다면, 그것은 작은 목표라도 세웠기 때문일 것이다.

다시 다이어리를 채우기 시작했다. 구매한 다이어리나 노트 대신 내게 필요한 칸만 만들어 놓은 나만의 일정표다. 종이 한 장에 불과하지만, 연간목표와 월간목표, 주간계획과 하루의 계획까지 담고 있다. 지출 내용과 그날의 짧은 감상까지 적을 수 있는 공간도 만들었다. 그날그날 실행한 일은 색깔 펜으로 밑줄 그어 체크한다. 주간 일정이 한눈에 보여 어떤 것을 하고 하지 못했는지 바로 알 수 있다. 하루에도 몇 번씩 일정표를 확인하며 쓱쓱 지워간다. 오늘도 미션 완료! 삶에 대한 태도가 어제보다 오늘 더 나아지는 중이다.

방긋
웃게 되다

•
조지연

인스타그램에 나의 일상을 기록하고 있다. 그냥 일기 쓰는 것이 아니다. 일상에서 행복을 느끼는 일에 좋은 메시지를 전하는 사람이 되고 싶다. 나는 두 딸을 키우는 엄마다. 매일 똑같은 하루를 반복하며 살아가지만 조금씩 다르다. 소소하게 흘러가는 일상을 붙잡고 싶다. 하루 중 인상 깊었던 일을 사진으로 남겨 기억하고 싶다. 감사하는 마음으로 살자는 가치관이 생겼다. 감사하는 마음이 없으면 부정적이고 무덤덤해진다. 남들이 나에게 베푸는 것에 감사할 줄 모른다면 더는 잘해주고 싶은 마음도 들지 않을 것이다. 작은 일에도 감사할 줄 알아야겠다고 생각했다. 내가 괴롭지 않기 위해서다. '감사하며 성장하는 방긋 지연'이라는 나만의 메시지를 만들었다.

'방긋 지연'이라는 닉네임을 만들게 된 이유가 있다. 첫아이를 출산하며 다니던 직장을 그만두었다. 일할 때는 가고 싶은 곳 다니고 먹고 싶은 거 먹고, 하고 싶은 대로 살았다. 아기를 낳고 엄마가 되었다. 내가 없으면 아무것도 할 수 없는 아기를 키우는 일은 행복하면서도 고된 일이었다. 화장실에 마음 놓고 갈 수 없고, 밥도 편하게 먹을 수 없었다. 화장하는 것은 사치였다. 어느 순간 우울하고 공허함이 찾아왔다. 거울 속 내 모습은 초라하고 볼품없었다. 화장실 가면 거울 보기도 싫어서 안 보고 나온 적도 많았다. 이대로 살기는 싫었다. 가만히 있어도 눈물이 흘렀다. 웃고 싶었다. 행복해지고 싶었다. 축 처진 입꼬리를 올리고 싶었다. 어느 날 텔레비전에서 연예인 소개팅하는 프로그램을 보았다. 여자 출연자들 이름에 닉네임을 달아서 그 사람을 표현했다. 한 여성 출연자의 이름이 방긋 ○○이었다. 그녀는 카메라에 나올 때마다 방긋 웃어 보였고 그 모습이 너무 예뻤다. 나도 그렇게 예쁘게 웃고 싶었다. 방긋 웃는 사람이 되어야겠다고 생각했다. 내 이름을 붙여서 '방긋 지연'이라는 닉네임을 언젠가 써야겠다고 마음먹었다.

그러던 어느 날 유튜브를 보다 블로그를 하면서 많은 것이 바뀌었다는 아이 엄마를 보게 되었다. 그녀는 무료하던 일상이 바빠졌고 하기 전후 큰 차이가 난다며 블로그를 꼭 하라고 권유했다. 그 영상을 보고 잠이 오지 않았다. 새벽 내내 계속 생각났다. 블로그를 꼭 해보리라. 가입하니 닉네임을 입력하라고 한다. 나는 떠오르던 이름을 적었다. 그렇게 나는 "방긋 지연"이 되었다. 블로그를 시작하니 게시물을 올려야 했다. 여행지, 맛집에 관한 포스팅을 했다. 그때부터 어디를 가더라도 유심히 관찰하게 되었다. 여행을 가면 숙소 안에 무엇이 있는지 살펴보고 사진을 찍고 기록했다. 맛집을 가더라도 음식 맛에 대해 한 번 더 생각하게 되고, 가게 분위기도 평소보다 세심히 보게 되었다. 뭐라도 시작하니 이

전과는 다른 일상이다. 또 블로그를 통해 실제로 만나지 않아도 대화할 수 있는 친구가 생겼다. 나와 성향이 비슷한 사람을 만나고 그들과 공감했다. 좋은 영향을 주는 사람들이다. 감사하며 살자고 한다.

감사하는 마음을 가지니 내가 화내고 불평했던 일들에 대해 반성하게 된다. 자연스럽게 가족과 주변 사람들에게 고마운 마음이 생긴다. 감사 일기 쓰기가 목표가 되었다. 감사한 일 100가지를 적어서 벽에 붙이기도 했다. 매일 감사 일기 쓰며 마음을 돌아보는 시간을 가지니 불안했던 감정이 스르르 녹는다. 목표 없이 살아가는 삶에서 감사하며 살기라는 목표가 생겼다. 삶을 바라보는 자세가 조금씩 달라진다. 그 차이 하나가 많은 것을 바꾸었다. 누구든 일상적인 활동에서 목적을 갖게 되면, 뇌의 안테나는 목적에 초점을 맞춰 민감하게 반응한다고 한다. 내가 어떤 질문을 하면 뇌는 그 질문에 필요한 정보를 수집한다. 그러면 필요한 것이 가장 적절한 시기에 생기고, 원하는 것을 이룰 수 있게 된다. 감사하며 살자고 마음먹으니, 커뮤니티에서 알게 된 친구가 감사 챌린지를 하자고 한다. 혼자 하는 것보다 함께 하면 시너지가 생긴다. 사람들과 함께 감사 일기를 쓰고 그들이 쓴 글을 보며 나도 긍정적인 영향을 받는다. 나만 힘든 게 아니구나! 하며 위로받는다. 그저 살던 대로 살면 예전처럼 부정적인 감정에 빠질 수 있다. 감사 일기를 쓰면 내 안의 틀에 갇히지 않고 나를 객관적으로 볼 수 있다. 목적을 갖고 사니 주변에 비슷한 사람을 끌어당긴다. 나에게 필요한 사람을 쏙쏙 뽑아서 주변에 펼쳐준다.

방긋 웃으며 살자는 목표가 생기니, 감사하며 살자는 사람을 만나게 되었다. 더는 우울하게 집에만 콕 박혀서 거울을 피하는 일은 하고 싶지 않다. 방긋 웃는 연습을 한다. '방긋 지연'이라는 닉네임에 걸맞은 사람이 되려고 노력한다. 거울 보며 나를 향해 웃어보았다. 무표정보다 훨씬 보기 좋았다. 아·에·이·오·우를 반복하기도 하고 입술을 올리는 연습을 했다. 어색해서 광대와 눈 밑이 덜덜 떨리기도 했다. 기분이 나쁠 때도 기분이 좋을 때도 화장실에만 가면 웃는 연습을 했다. 화장실 가는 시간은 미소 짓는 시간이라는 나만의 습관을 만들었다. 축 처진 입꼬리가 조금씩 올라간다. 내 얼굴만 봐도 짜증이 났던 때와는 다르다. 내가 웃으니 다른 사람도 나를 보며 웃는다. 웃기 시작하니 웃는 일이 점점 많아진다. '방긋 지연'이라는 닉네임과 어울리는 사람이 되어간다. 엄마가 되니 내 이름 대신 소정이 엄마라고 한다. 소중한 내 이름 내가 불러 준다. '방긋 지연'이라는 닉네임에 어울리기 위해 나는 해야 할 일들을 적어보았다.

첫째, 맛있게 잘 차려 먹기.

냉장고에 먹고 남은 음식을 꺼내서 대충 끼니만 때웠다. 아이들이 먹고 남은 음식은 아까워서 버리지 못하고 배가 불러도 꾸역꾸역 다 먹었다. 기분이 좋지 않았다. 배는 부르지만 허해서 다른 간식을 뒤적이며 꺼내 먹었다. 영양가 없이 살만 찐다. 맛있는 음식을 잘 차려 먹으면 속도 든든하고 행복해진다. 방긋 웃기 위해서는 잘 차려 먹는 것이 중요하다.

둘째, 스트레스 관리하고 잘 쉬기.

스트레스는 만병의 근원이다. 스트레스받으면 웃지 않는다. 잘 쉬는 것은 건강에도 중요하다. 충분한 휴식을 통해 우울증이나 정신적 문제를 예방할 수 있다. 쉴 때는 다른 생각하지 말고 푹, 쉬는 것이 중요하다. 쉬면서도 불안해하며 해야 할 일을 생각하지 말아야겠다. 쉴 때는 쉬고 놀 때는 잘 노는 사람이 진정한 프로다.

셋째, 일찍 자고 일찍 일어나기.

좋지 않은 습관은 버린다. 밤늦도록 술을 마시거나 놀게 되면 다음 날도 피곤하다. 일찍 자고 일찍 일어나는 습관이 기분을 좋게 유지할 수 있다. 성인은 평균 7~9시간 수면시간이 권장된다. 일찍 일어나려면 일찍 자야 한다. 일찍 일어나서 나만의 여유 시간을 가질 때 행복하다.

넷째, 긍정적인 마음을 가지기.

쉽지 않을 때도 있지만 좋게 생각하도록 노력한다. 나에게도 남에게도 긍정적으로 대하는 습관이 방긋 웃을 수 있다.

다섯째, 좋은 사람 만나기.

혼자 고립되어 있으면 외롭다. 사람은 사회적 동물이다. 사람을 만나고 감정을 교류할 때 안전감과 소속감을 느낀다. 육아할 때 아무도 만나지 않고 혼자만 있으니 우울했다. 친구를 만나니 행복해졌다. 사람과 관계를 통해 지식을 공유할 수도 있고, 심리적으로 안정감을 느낄 수 있다. 마음 잘 맞는 사람을 만나며 이야기 나눌 때 행복하다.

방긋 웃자는 목표를 세우니 나의 삶이 달라진다. 닉네임에 어울리는 사람이 되기 위해, 방긋 웃기 위해 하나씩 실천하고 있다. 오늘도 거울 보며 웃는다. 입꼬리를 올리며 미소 지어 본다.

성공 습관
보유자

●

황지영

육아휴직을 길게 했다. 둘째 출산휴가와 육아휴직 2년에 이어, 남아 있는 첫째의 육아휴직까지 연달아 썼다. 코로나 팬데믹 속에 태어난 둘째의 가정 보육이 필요했다. 출산 후 이사도 했다. 새로운 환경 속에서 첫째가 유치원에 잘 적응하도록 도와주고 싶었다. 주말부부에 독박육아 워킹맘인 나도 한 템포 쉬며 숨 고르는 시간이 필요했다. 남은 휴직 기간을 꽉 채워 썼다. 3년 6개월의 휴직. 끝이 다가왔다. 복직을 코앞에 두니 겁이 났다. 워킹맘의 삶으로 다시 돌아가야 한다. 생각만으로도 스트레스다.

교육공무원법에 따르면, 2년 이상 휴직한 교원은 의무적으로 역량강화 직무연수를 들어야 한다. 교육청에서 안내 문자가 왔다. 연수 계획과 대상자 명단을 확인했다. 복직 D-30. 왜 이리도 마음이 싱숭생숭한지. 걱정이 꼬리에 꼬리를 물었다. 어느 학교로 발령이 날까? 새 학교에 잘 적응할 수 있을까? 어떤 아이들을 만날까? 몇 학년을 담당하게 될까? 어느 부서에 배치될까? 무슨 업무를 맡게 될까? 시작도 하기 전에 머리가 지끈거렸다. 자꾸만 잘근잘근 손톱을 물어뜯었다.

제일 큰 걱정은 줄어든 영어 실력이었다. 긴 시간 동안 육아휴직을 했기에 영어의 감을 완전히 잃어버린 것은 아닌지 염려되었다. 영어 듣기와 말하기에 자신감이 사라지고 자괴감이 들었다. 영어 못하는 영어 교사가 되는 것은 아닌가 싶어 불안했다. 그렇다고 걱정만 하고 있을 순 없었다. 발령 전까지 뭐라도 해보자 마음먹었다.

잠자고 있던 영어 지식과 실력을 확 끌어올려야 했다. 어떻게 하면 좋을까. 이왕이면 즐겁게, 틈나는 대로 영어 공부하고 싶었다. 영상을 보며 따라 말하는 섀도잉(shadowing)을 생각했다. 영어 듣기와 말하기 실력 향상에 좋은 방법이다. 그런데 문제는 스마트폰이다. 한 번 손에 들면 놓을 줄 모른다. 시간 가는 줄 모르고 쇼핑과 SNS를 할 게 뻔하다. 평소 아이들 앞에서 스마트폰 사용을 최대한 자제하려 노력한다. 그렇기에 영상 보며 섀도잉하기는 현재 나의 상황에 맞는 공부법이 아닌 것 같았다.

컴퓨터를 이용하거나 책상에 앉아 공부하는 방법도 생각했다. 이것도 쉽지 않았다. 아이들은 노트북만 보면 달려든다. 타닥타닥 키보드 두드리거나 마우스를 잡고 획획 휘두를 게 뻔하다. 아직은 엄마와 노는 것이 더 좋은 아이들. "엄마 뭐해? 심심해. 같이 놀자."라며 책상 위에 놓인 책 집어 들고 장난칠 모습이 눈에 훤하다. 책상에서 긴 시간 집중하기가 쉽지 않다. 의자에 오래 앉아 있지 않으면서도 어디서든 쉽게 공부할 수 있는 것은 무엇이 있을까 고민했다. 그러던 차에 EBS 라디오를 통해 '입트영(입이 트이는 영어)' 낭독을 알게 되었다. 입트영은 일상생활에서 자주 접하는 주제를 영어로 말하는 EBS 스피킹 교재다. 하루 세 장 분량. 브레인스토밍, 본문, 오늘의 영어 표현 그리고 영작 파트로 구성되어 있다. 낭독은 교재 속 영어 본문 한쪽을 읽는 것이다. 적당한 학습량과 어렵지 않은 주제. 딱 좋았다. 그날 바로 교재를 샀다. 공부 계획 세웠다. 매일 영어 본문을 소리 내어 읽기로 정했다. 포스트잇에 써서 냉장고에 붙였다. '매일 영어 낭독 한 달 프로젝트!'

입트영은 EBS FM 라디오에서 오전 6시 40분부터 20분간 방송된다. 아침 방송을 들으며 하루를 시작한다. 듣지 못하는 날도 있다. 그럴 때는 EBS 홈페이지에서 MP3 파일을 다운받아 듣는다. 속도, 억양, 강세를 확인하고 원어민과 똑같이 읽으려 노력한다. 여러 번 연습 후 녹음한다. 낭독 녹음 규칙도 정했다. 본문을 실수 없이 끝까지 읽기. 그리고 매일 당일 학습 내용을 녹음하기. 두 가지다.

처음 시작할 때는 제법 긴 시간이 걸렸다. 한 번에 쭉 읽는 게 쉽지 않았다. 영어에 관심을 두지 않고 지낸 3년. 영어 발음은 최악이었다. 원래도 그렇게 유창하거나 완벽하지 않다. 그러나 이렇게까지 혀가 굳어있을 거라고 상상도 못 했다. 긴 문장 읽는데 호흡 조절을 못 했다. 엉뚱한 곳에서 끊어 읽었다. 연음할 때마다 억양이 이상해지고, 억양에 신경 쓰다 보면 발음이 어색해졌다. 안 쓰던 입 근육을 써서인지 양 볼에 경련이 일어나곤 했다. 녹음 파일을 들으면 얼굴이 화끈거렸다. 어찌나 단조롭게 읽는지 리듬감을 찾을 수가 없었다. 우리말처럼 들렸다.

본문을 읽는 데 걸리는 시간은 1분 남짓. 녹음 시도 횟수는 최소 열 번에서, 많게는 스무 번 이상이나 되었다. 휴대전화에 녹음 영상 파일이 넘쳤다. 그런데 하면 할수록 재밌다. 실수 없이 한 번에 읽으면, 마치 게임 한판을 한 번 만에 끝낸 것 같이 짜릿했다. 매일 새로운 주제로 공부하고 녹음하니 지루하지 않았다. 하나둘 쌓여가는 낭독 녹음 파일 때문에 휴대전화 저장공간이 부족해졌다. 파일 지우기가 아까웠다. 기록으로 남기고 싶었다. 네이버 인증밴드를 활용했다. 발음 실수 없이 마음에 들 때까지 녹음 시도한 다음 최종본만 기록했다. 2022년 3월 1일을 시작으로 지금까지 하루도 단 한 번도 빼먹지 않고 영어 낭독을 하고 있다. 공휴일이든 여행을 가든 아프거나 컨디션이 좋지 않든 어떤 날이라도 낭독 인증을 놓치지 않는다.

매일 영어 낭독을 하면서 세 가지를 얻었다.
첫째, 영어에 대한 감이 조금씩 살아나고 있다.

초반에 녹음한 것을 들어보면 귀가 빨개진다. 사실 지금도 영어 발음을 평가하자면 부끄럽다. 그러나 달라진 것이 있다. 리듬감 있게 문장을 읽는다. 억양과 강세가 조금씩 자연스러워진다. 자신감이 생겼다.

둘째, 루틴이 되었다.

아침에는 방송 듣고, 밤에는 녹음한다. 매일 밤 9시 30분쯤 영어 낭독 인증 미션을 한다. 이 시간은 아이들 잠자기 전 준비하는 시간이기도 하다.

"엄마는 영어를 읽을 테니, 너희들은 잘 준비하거라."

마치 한석봉 어머니처럼 말하면 아이들은 까르르 웃는다. 본문 길이나 난이도에 따라 녹음이 한두 번 만에 성공할 때도 있고 오래 걸릴 때도 있다. 중얼중얼 영어를 읽으면 아이들은 조용히 곁에 와 내 목소리에 귀를 기울인다. 이제는 방해하지 않고 나의 영어 읽는 시간을 배려해 준다.

셋째, 작은 성공의 성취감이 나를 성장시킨다.

나는 크게 내세울 것 없는 평범한 엄마, 아내, 아줌마 교사다. 육아, 살림, 일이 반복되는 하루를 보낸다. 영어 낭독은 단조로운 일상에 에너지를 준다. 매일 영어 읽는 시간은 나를 위한 시간이라고 생각한다. '한번 해 볼까?'라는 도전정신이 생기고, '안되면 다시 한번 더!'라는 용기도 얻는다.

네이버 밴드에 영어 낭독 파일을 올린다. 블로그에는 본문 필사 사진과 핵심 표현을 활용한 다섯 개의 영작 문장을 기록한다. 매일 영어를 읽고 쓴다. 기록이 쌓이니 재미있다. 성취감도 얻는다. 아이들에게도 좋은 본보기가 되는 것 같다. 오며 가며 듣는 아이들이 영어에 관심을 보인다. 첫째는 아는 단어가 들리면 종이에 쓴다. 그리고 내게 쓱 내밀며 미소 짓는다. 둘째는 알파벳 놀이에 푹 빠져있다.

"엄마, 사과는 애뿔이지. 곰은 베얼이지."

줄줄이 사탕처럼 말하는 모습에 입꼬리가 올라간다.

처음 영어 낭독을 시작했던 것은 복직에 대한 불안 때문이었다. 마음 준비도 할 겸 뭐라도 해보자 싶어 시작했다. 하루하루 녹음 파일이 만들어질 때마다 3년간의 육아휴직 공백이 조금씩 채워지는 것 같았다. 매일 영어 낭독을 목표로 정했다. 결심 이후 꾸준히 했다. 하다 보니 2년째 읽고 녹음하고 필사하고 기록한다. 틀리거나 실수하면 수정하고 다시 읽는다. 매일 하나씩 성공을 기록한다. 성공 습관 한 개 만들었다. 나는 성공 습관 보유자다.

오늘 하루
잘 보냈나요?

황현정

이른 아침, 눈이 저절로 떠진다. 일어날까 말까, 고민하지 않고 고개를 든다. 가까이 붙어서 자는 아이들이 깨지 않게 천천히 일어난다. 곧장 욕실로 가서 양치와 세수를 하고 거울을 본다. 거울 속 나를 바라보며 미소를 지어본다. 할 수 있다는 마음으로 미소 지은 얼굴에 힘을 준다. 오늘도 행복하게 목표를 소리 내어 말해본다. 조용히 혼자 속삭인다. 모두가 잠든 시간이기도 하고 아이들이 깨면 다시 방으로 들어가야 한다. 주방으로 가서 마실 물을 챙긴다. 그리고 새벽 기상 모임에 참여하기 위해 줌을 켜고 자리에 앉는다. 이미 줌에 접속해 있는 사람들, 함께하는 사람들이 있어 힘이 난다. 명상하고, 독서하고, 블로그 작성에 나눔의 시간까지 보낸다. 짧게는 한 시간, 길게는 세 시간을 참여한다.

아이들이 한 명씩 깨어 방에서 나오면 환한 미소로 잘 잤냐며 안아준다. 자는 아이도 있기에 여전히 속삭이며 이야기한다. 소리 나지 않는 미소를 마음껏 지어준다. 나만의 시간을 온전히 보낸 이후 맞이하는 아이들의 기상은 더욱 반갑다. 이 아이들을 위해 내가 아침부터 부지런히 살아가고 있구나, 생각한다. 오늘 하루도 더 보람차게 보내야겠다고 다짐한다. 중간에 아이들이 계속 깨어나는 날도 있다. 다시 재우러 기꺼이 방에 다녀온다. 아이들이 잠들면 다시 살금살금 나오고 이를 반복한다. 어떤 날은 재우다가 나까지 잠드는 날들도 있다. 그럼에도 불구하고 나에겐 이루어야 할 목표가 있다는 것을 잊지 않는다.

새벽 기상을 하다 보면 6시는 기본이고, 4시, 5시에 일어나는 사람들도 많이 보인다. 『미라클 모닝』이라는 저서의 힘일지도 모른다. 요즘에는 3시에 일어나는 사람들도 꽤 눈에 띈다. 이전엔 3시 기상은 정말 무리하는 거라고 생각했다. 막상 아이들 돌보는 시간, 집안일 하는 시간 등을 빼고 보니, 나만의 시간을 확보하기 어려웠다. 육아나 살림에 사용되는 시간이 예상보다 긴 것도 한몫했다. 시간계획표를 짜보니, 나만의 시간을 갖기 위해 3시에는 일어나야겠다는 결론에 이르게 되었다. 3시 기상을 위해서 아이들을 재울 때, 가능한 한 함께 일찍 잔다. 육아가 시작된 이후로 한밤중에 깨는 경우가 자주 있는데, 중간에 깨어도 2시까지는 누워 있으려고 한다. 아이들이 푹 잘 수 있도록 하고, 하루 스케줄에 영향을 주지 않기 위해서이다. 아침 기상이 업무 효율도 높고 나만의 시간도 가질 수 있다. 그로 인해 목표를 이룰 수 있고, 삶의 변화도 기대할 수 있다. 3시 기상에 성공할 때도 있고, 실패할 때도 있으나 계속 도전하고 습관으로 만들면 굳건히 자리 잡을 것이라 본다.

블로그나 인스타그램, 오픈채팅방을 보면 '백일 성공', '연속 ○○일 도전' 같은 문구를 보게 된다. '새벽 기상', '독서', '만 보 걷기' 등 자기 계발을 진행한 날들을 기록해 둔 것이다. 처음엔 그냥 대단하다 정도로 단순하게 보았다. 직접 해 보지 않아 더 쉽게 생각한 듯하다. 직접 해 보니, 모든 일과의 우선순위를 그 행동에 집중해야 성공할 수 있다는 것을 알게 되었다. 자신의 목표를 이루기 위해 필요한 행동들이다. 목표를 생각하고 해야 할 일을 떠올리다 보면 허투루 보낼 시간조차 없다.

세 아이 육아를 하며 깨닫는 부분들이 있다. 세 아들을 둔 지인에게서 들은 말이 생각났다.

"자녀 한 명일 때 엄마는 걸어 다녔다면, 두 명일 때는 뛰어다닌다. 아이 셋일 때는 초 단위로 움직인다."

육아에 익숙해지고 쉴 틈 없이 움직임에도 할 일은 태산이고, 아이들은 끊임없이 엄마를 찾는다. 지인의 말을 듣고 예상을 했음에도 실제로 경험하니 더 정신이 없다. 여기에 자기 계발까지 하려다 보니 시간이 부족하다.

"인간은 인생이 짧다고 한탄하면서도 마치 인생이 끝이 없는 것처럼 행동한다."는 세네카의 말도 공감된다. 첫째를 키우며 육아에 대해 잘 알지 못하니 혼자서 힘들었다. 결혼과 육아라는 새로운 환경에 적응하면서 불편한 마음도 들었다. 이를 다른 사람에 대한 불평불만, 특히 신랑과 시댁 탓으로 돌리며 나의 삶을 제대로 돌보지 못했다. 나의 삶을 남의 책임으로 맡겨두었다. 우리 아이들의 사랑스러운 성장 과정을 놓칠 때도 있었다. 인생이 끝이 없는 것처럼 무의미하게 남 탓하며 살아왔다.

삶에 대한 목표를 세우고 개선해 나가다 보니, 자연스럽게 삶의 모든 책임이 나에게 있음을 깨닫게 되었다. 내가 한 행동들이, 내가 보낸 시간이 현재 상황을 만들었다. 나의 책임임을 알게 되자, 생각도 달라졌다. 다른 사람들의 행동을 변화시키기보다 내가 달라지는 것이 빨랐다. 첫 아이만 키울 때보다 세 아이를 돌보는 지금이 정신없고 바쁘지만, 훨씬 행복하고 즐겁다. 앞으로의 발전이 기대되고 좋아질 거라는 희망 때문이다. 신랑이 나의 변화를 알아봐 준 것도 감사하다.

아직도 가끔은 왜 이렇게 힘들게 살아가야 하나, 저절로 좋아질 수 없나 하는 마음이 들 때도 있다. 그럴 땐 잠을 보충하거나 운동을 한다. 체력이 떨어지면 부정적인 생각이 들고, 무기력해진다는 것을 경험으로 알게 되었다. 나의 행동이 변하고 시선이 바뀌니, 아이들은 더 밝아지고 신랑도 함께 자기 계발을 한다. 이러한 사실을 더 빨리 알았다면 좋았겠지만, 지금이라도 알게 되어 감사하다. 아이들과 신랑도 더 많이 사랑해 주고 아껴주어야겠다. 그리고 가장 먼저 나를 사랑해 주려 한다. 나를 사랑하는 방법, 결국 삶의 목표를 찾고 이루어 나가는 것이다. 그 과정에서 삶이 행복해지고 즐거워진다. 내가 있어야 아이들도 있고, 세상도 존재한다. 내가 행복해야 아이들도 행복하다.

경제적 자유라는 목표가 내 머릿속을 떠나지 않게 하려고 한다. 여차하면 깜빡하게 된다. 농담으로 아이를 낳을 때 기억력도 낳는다고 하던데, 세 명을 낳고 나니 자주 깜빡깜빡한다. 냉장고에도 붙여두고, 휴대폰 화면에도 수시로 볼 수 있게 해 둔다. 계속 목표를 떠올리니 확실히 실행력이 올라간다. 가족들이 듣겠다는 의사와 상관없이, 신랑과 아이들에게도 자주 이야기한다. 말의 힘을 믿기에 반복해서 말한다. 목표를 이룰 때까지 도전해 간다. 매일 도전하고, 실패를 반복한다. 아무것도 실패하지 않은 사람은 아무것도 도전하지 않은 것이라고 한다. 수많은 실패 속에 성공의 기회가 있다. 시도조차 하지 않으면 성공 가능성은 0이다. 그러한 마음으로 하루를 살아간다.

세상의 기준과 조금 다르게 살아가도 된다. 누가 내 인생 책임져 주지 않는다. 내 삶은 내가 책임진다. 꾸준히 무언가를 시도하다가 실패하더라도 스스로를 다그치지 않으려고 한다. 처음엔 자신을 자책하며 하루를 놓쳤다고 며칠을 그냥 흘려보내는 실수도 했다. 하루도 빠지지 않고 모두 해 나가면 가장 좋겠지만, 그게 나에게는 어려웠다. 이젠 하루라도 더 실행하여 성공률을 높이는 것에 집중한다. 횟수가 많아질수록 삶은 이전의 삶보다 조금씩 나아질 테니까. 오늘도 목표에 한 걸음 더 다가갈 나에게 응원을 보낸다.

3장

놀치고 싶지 않은
내 인생의 목표

죽는 날까지
자기 일에 최선을 다하라!

●
강문순

　나는 강사다. 행복 웃음과 노인 건강교육 그리고 웰다잉을 강의한다. 은행을 퇴직하고 선택한 직업이다. 며칠 전, 모 대학교수님이 중년 여성을 위한 웃음치료 프로그램 연구를 위하여 내게 강의를 맡겼다. 이 연구는 웃음 치료 전·후 맥파 검사와 설문조사를 통해 참여하는 사람들의 신체적·심리적 변화를 수치로 알아보기로 했다. 연구에 앞서 내가 먼저 맥파 검사를 했다. 맥파 검사란 혈액순환과 누적된 스트레스 등 전반적인 건강 상태를 파악할 수 있는 검사다. 교수님께서 결과를 말씀해 주시며 놀라셨다. 이렇게 결과 나온 사람 처음 봤다고….

스트레스 지수	- 적정
신체나이	- 48세
심장건강	- 양호
몸의 활력 상태	- 활력

　내 나이 만 54세. 그날, 6시간 운전 후에 검사했는데도 스트레스 지

도대체 뭐가 잘못된 거지?

수가 적정 수준이 나왔다는 것은 내 안에 스트레스를 해결하는 능력이 있다는 것을 의미한다.

10년 전, 두피를 시작으로 배와 등에 여드름같이 빨간 반점이 생겼다. 대수롭지 않게 생각했는데 점점 번지며 아팠다. 혹시 대상포진인가 해서 병원에 갔더니 의사들은 원인을 알 수 없다 했다. 6개월 이상 이 병을 고치기 위해 유명한 피부과를 찾아다니며 약을 먹었다. 스테로이드가 함유된 약을 장기 복용하니 고관절에 이상이 생겨 오래 걸을 수 없게 됐다. 게다가 심장까지 약해져 부정맥이 생겼다. 심장이 덜컹하며 조여 오는 압박감이 있었다. 심하게 두근거리고 어지러웠다. 피부병 약을 멈추고 심장병 약을 쇼핑백 하나 가득 처방받았다. 비상시에 먹을 약과 입안에 뿌리는 스프레이까지 주머니에 넣고 다니는 환자였다. 몰아치는 스트레스를 감당 못 해 면역력이 저하되며 몸에 이상이 온 것이다. 친정 아빠가 돌아가시며 수입이 끊겼다. 동생이 앓고 있는 조현병은 크고 작은 사건·사고를 일으켰다. 남편마저 해외 근무가 시작되어 혼자서 사춘기 아이들을 키웠다. 외며느리와 맏딸이라는 역할이 어쩔 땐 큰 부담이었다. 나는 왜 이렇게 살아야 하나라는 우울감은 나의 자존감을 무너뜨렸다. 그랬던 내가 완전히 건강해졌다. 모두 웃음 덕분이다. 웃음이 나를 치유해 줬다. 그런 웃음을 전하는 직업이기에 내가 먼저 힐링하고 건강해진 것이다.

이 일은 나뿐만 아니라 다른 사람도 행복하고 즐겁게 해준다. 대표적인 사례가 국민건강보험 공단에서 진행하는 건강백세 운동교실이다.

주 2회 찾아가는 노인복지관이나 경로당 어르신들이 1회 차 강습을 했을 때에 비해 얼굴빛이 환해졌다. 활력이 생기며 몸이 예전보다 건강해졌다. 94세이신 한 어르신은 요즘 당신 목소리가 더 커지고 생기가 있어서 100세까지 충분히 살겠다고 아들들이 좋아한다고 했다. 다른 어머님들도 웃음소리가 커지고 성격이 명랑해져서 가족들이 좋아한다고 했다. 최근에 성인 발달장애인을 위한 20회 웃음 치료 특강을 마쳤다. 우울증이 있어서 자살 생각을 했던 지성의 표정이 완전히 달라졌다. 요즘은 주말마다 자전거를 타고 멋진 풍경을 사진으로 담아와 내게 자랑했다. 사람들과 눈을 못 맞추고 강의에 집중을 못 하던 강습자가 이젠 강의에 집중하며 숨겨졌던 자신의 장기를 자랑했다. 언어 장애도 있어서 엄마라는 한 단어로 모든 의사소통을 하는 그의 변화가 매회마다 보조 선생님들을 놀라게 했다.

은행에서 딱딱하고 사무적인 일을 하다가 웃음 치료 강사가 되려니 걱정이 많았다. 웃길 줄도 모르고 농담도 잘 못하는 성격이기 때문이다. 할까 말까 고민하는 나에게, 주변 사람들은 웃는 인상이 보기 좋아 나랑 딱 맞는 직업이고, 잘 어울린다 말해주었다. 내가 나를 보는 시선보다 남이 나를 보는 시선이 더 정확하기에, 그것을 믿고 여기까지 왔다. 자신과 어울리는 직업을 갖기란 쉽지 않다. 행복 웃음 강사가 나랑 잘 어울린다는 말은 언제 들어도 기분 째지는 칭찬이다.

가능하면 이 일을 할머니가 되어도 하고 싶다. 오래도록 일할 방법을 생각해 보았다.

첫째, 몸과 마음의 건강을 챙겨야 한다.

어느새 나이가 50이 훌쩍 넘었다. 벌써 바늘에 실 꿰기가 쉽지 않다. 물건을 사면 상표 글씨가 보이질 않아 카메라로 찍어 확대해서 본다. 하루에 4~5개 강의를 해도 멀쩡하던 나의 몸이 이젠 할 수 없다고 나에게 말해주고 있다. 관리하지 않으면 노화는 급격히 진행될 것이다. 몸이 건강한 강사가 명(命) 강사다. 또한 정신적으로도 건강해야 한다. 긍정적인 에너지를 전달하기 위해서다.

둘째, 공부해야 한다.

꾸준한 역량 강화가 필요하다. 경쟁이 심한 강사 시장에서 살아남을 수 있는 비결은 공부다. 책뿐만 아니라 논문도 읽어봐야 한다. 다른 사람의 강의도 들어봐야 한다. 고인 물이 되지 않으려면 새 물을 담고 흘려보내야 한다.

셋째, 기록해야 한다.

강의 일지뿐만 아니라 강의 계획서 등 강의의 모든 것을 기록해 두고 저장해야 한다. 이것은 아주 중요한 자산이며 최고의 원석이다. 유명 강사들이 잘하는 것이기도 하다.

췌장암으로 세상을 떠난 배우 故 김영애 씨의 이야기가 마음에 새겨졌다. 그녀는 '월계수 양복점 신사들'이라는 50회 드라마를 투병 중에도 마지막까지 연기했다. 포기하지 않고 끝까지 책임과 소임을 다한 그녀의 열정은 나에게 큰 감동을 주었다.

"죽는 날까지 자기 일에 최선을 다하라!"

미국의 정치인이자 저술가, 과학자, 발명가로 활동했던 벤저민 프랭클린이 남긴 명언이다. 또 알베르트 슈바이처 박사가 한 말이기도 하다. 그는 50년 이상 아프리카 대륙에 살면서 수많은 환자를 치료하고 그들의 삶을 개선하기 위해 노력했다. 자신이 선택한 일에 삶을 바치며 다른 사람에게 도움이 되고자 하는 마음가짐을 닮고 싶다. 죽는 날까지 최선을 다하며 행복 웃음을 전하는 명(笑) 강사가 되는 것이 내 인생의 목표다. 놓치고 싶지 않은 나의 희망이다.

행쓤이

●

김정민

　시를 사랑하는, 행복을 쓰는 '행쓤이'입니다.

　블로그 소개 문장이다. 나의 행복, 그분을 노래하며 살고 싶다. 이대로 계속 쓰며 살고 싶다는 이야기다. 이젠 이게 삶이 되기를 바라고 있다. 때론 흔들리겠지만 이건 변하지 않을 거다. 쓰기 전엔 몰랐다. 내가 그분이라고 이렇게 전하게 될 줄은. 아빠처럼 복지사가 되었다. 작가가 되었다. 작가가 되어 나는 시로 행복을 표현한다. 앞으로도 쭉 '지금처럼'이라는 목표로 갈 것이다. 아빠처럼 되었고 아빠보다 다양한 일을 하고 있다. 그래서 지금처럼 산다고 하는 것이다. 행쓤이, 단순 '행쓤이'가 아니다. 크면서도 작은 나의 목표가 담겨 있다. 다시 생각한다. 정말 이것 때문에 쓰는 것일까? 이것 때문에 쓰는 거라면 더더욱 놓을 수 없다. 놓고 싶을 수는 있다. 하지만 놓지 않을 것이다. 이 크고도 작은 목표가 나를 이끌고 가기 때문이다. 지금처럼 살겠다는 말은 꺼내는 게 아니라고 할 수도 있다. 하지만 여기에 마땅한 말도 지금처럼 살겠다는 말밖에 없다.

궁극적인 목표는 사람마다 다를 수 있다. 나는 지금처럼 사는 것이다. 나는 지금 내게 주어진 모든 일, 작가와 시인, 사회복지사, 그리고 목사님까지. 잠시 쉬어 볼까. 일주일 동안 쓰지 않은 것도 아닌데 이렇게 쓰고 있다. 나 혼자 쓰지 않기 때문이다. 실토를 한다면 내 개인적으로도 수정 중이다. 버리는 부분은 채우기도 해야 한다. 일단 쓰고 있다. 10시부터 지금 4시 7분까지 별로 쉬는 시간 없이 달리는 이유 나 혼자가 아니기 때문이다. 물론 개인 저서도 혼자라는 마음은 아니다. 함께 쓰며 응원하는 사람들이 있다. 바로 글쓰기 수업 함께 듣는 사람들이다. 같은 목표로 함께 가는 사람이 있어 좋다

우리 집 아침은 시끌벅적했었다. 아침뿐만 아니다. 요즘 거실을 잘 모른다. 어떻게 모를 수 있냐고? 방에서 쓰고 있기 때문이다. 모르면서도 알고 있다. 잠시 멈췄다. 업무 관련 얘기가 있었다. 쓰면서도 수시로 멈춰야 하고 여러 가지 일을 동시에 하는 삶이지만 이 삶이 좋다. 이대로 살고 싶다. 목표랑 무슨 상관이냐고 할 수 있다. 하지만 나는 지금 이대로의 삶이 내 목표라고 얘기하고 있기에 얼마든지 가능하다. 이렇게 살고 싶다

거의 종일 같은 자리에 앉아 쓰고 있다. 예전 같으면 하지 못했을 부분이다. 내가 종일 컴퓨터를 한다는 건 쉬운 일이 아니었다. 2시간만 넘어도 쉽게 머리 아파하던 나니까. 변했다. 지금은 아파도 하고 있다. 약속이 있기 때문이다. 더군다나 이건 함께하는 프로젝트다. 내가 안

도대체 뭐가 잘못된 거지?

하면 아무도 못 한다. 내 글은 내가 써야 한다. 그래서 쓰고 있다. 나 혼자는 이루지 못한다. 누가 말해도 흔들리지 않는 목표가 궁극적인 목표라면 나는 지금처럼 살고 싶다. 함께하지 않으면 이루어지지 못했다. 행복을 전한다는 것은 들어주는 사람이 있어야 한다. 함께 더 많은 사람이 있어야 한다. 전하고 있으니까 그게 분명하고 함께 하는 사람들이 여기에 흔들리지 않을 수 있다. 목표가 확정되어 작가로 글을 쓰고 있는 것처럼. 어떤 일이 벌어질지는 모르겠다. 그냥 내가 할 수 있는 일을 내 자리에서 할 뿐이다.

작가가 되어 동료 작가들과 같은 목표를 향해 쓰는 중이다. 끝없이 이어질 행복 전하기. 지치지 않고 걷기. 목표가 있다. 함께하는 이들이 있다. 그 힘으로 간다. 걷는 길에 큰 목표조차 없었다면, 또 현재가 없다면 얼마나 더 나아갈 수 있을까. 혼자는 하지 못한다. 목표와 '함께'의 힘으로 한다. 한 가지 목표를 두고 함께 갈 수 있어 힘이 된다. 지금 자리 지키며 흔들림 없이 나아갈 수 있어야 한다. 목표와 함께하는 사람들이 있는 한 '행쓰이'는 멈추지 않는다. 지금 여기서 함께 했기에 있을 수 있었던 10년이다. 시인, 작가, 목사님으로 함께한다. 멈추지 않고 함께 간다. 함께하는 사람들이 없었다면, 나 혼자였다면 하지 못했을 일들을 하고 있다. 무너지려 할 때마다 생각하려 한다. 나는 '행쓰이'니까. 이 글을 마지막으로 수정 중이다. 8시까지 내야 한다. 목표가 있기에 할 수 있었다. 목표가 없으면 함께해도 하지 못 할 일이다. 목표가 있고 함께하기에 할 수 있다. 그렇게 난 오늘 하루 작가로 살았다. 나온 후에 어찌 되든 목표를 이루었다. 오늘도 난 썼으니 행복을 전했다. 내일도 이렇게 목표를 이룬다. 함께하기에 가능하다. 목표, 혼자 하는 목표 말고 함께하는 목표로 세워지길. 마음이 끝까지 가기를 기도한다. 오늘도 함께 할 수 있는 작가, 목표가 있는 작가로 살았다고 말하고 싶다.

완벽하지 않아도
괜찮아

●

박명찬

"주안이 맞아?"

지인이 카톡 사진을 보며 깜짝 놀란다. 눈매가 매섭고 딱 벌어진 어깨, 하얀 셔츠에 반쯤 가려진 울퉁불퉁한 가슴과 선명한 초콜릿 복근. 고등학교 때까지 바람 불면 날아갈 것 같은 아이였다. 후줄근한 후드티에 잔뜩 움츠린 어깨로 고개까지 푹 숙이고 다녔다. 그러던 주안이가 달라졌다. 입대하며 근육을 키우겠다고 입버릇처럼 말했다. 헬스장 포스터에 나오는 몸매로 제대하겠다고 한다. 그냥 농담이라 여겼다. 가끔 통화할 때 수화기 너머로 헉헉거리며 거친 숨을 몰아쉬는 소리가 들렸다. 헬스장에 있었다.

"너 참 대단하다."

"엄마, 운동하니 좋다. 이번 휴가 때 놀랄 거야. 기대해."라고 한다. 놀랍게 변화 되어가는 자기 모습에 자극받아 자신감이 넘쳤다. 입대하며 시작한 운동은 지금도 하루 두 시간씩 계속하고 있다. 몸이 정신을 지배한다는 사실을 아들을 보며 인정하게 된다. 근육을 키워 갔다. 생활 습관과 말도 바뀌었다. 규칙적인 시간에 일어나, 건강한 식사를 했다. 전공 공부도 열심이었다. 동아리 회장이 되어 과 친구들을 도와 봉사활동에도 적극적이었다. '할 수 있어.' '해볼게.' '고마워.' '괜찮아.' 내 아들 맞나 싶을 정도로 긍정의 언어가 자연스러웠다.

주안이가 놀랍게 변화된 것은 근육을 키우겠다는 생각이 확고했기 때문이다. 생각이 삶을 바꾸어 놓았다. 자신감 있고 적극적이었다. 작은 성공 경험이 또 다른 도전으로 이어졌다. 원하는 것을 이루어 가며 아들의 몸과 마음이 단단해지고 성숙해졌다. 꿈을 향해 걸어가는 주안이를 응원한다.

아들이 이렇게 변화하기까지 대단한 노력을 했다. 일과를 마치고 남들은 쉴 때 헬스장에 가서 고통을 이겨내며 운동했다. 먹고 싶은 것도 많을 텐데 참았다. 주말에도 시간을 내어 운동복으로 갈아입고 땀을 흘렸다. 통증 없이 근육을 키울 수 없었다.

아들이 근육을 키우듯 나는 글 근육을 키운다. 읽고 쓰는 삶을 반복한다. 나의 하루는 글쓰기로 시작한다. 『훔쳐라, 아티스트처럼』이라는 책에는 '그 사람인 척 해라, 진짜 그 사람이 될 때까지'라는 말이 있다. 매일 새벽 글쓰기로 근육을 만들어 간다. 잠자리에 들기 전 거실 테이블 위에 내일을 준비한다. 거치대를 세워 노트북을 올려놓는다. 거치대는 목과 어깨 건강을 위해 소중한 아이템이다. 노트북 앞에 무선 키보드와 마우스를 세팅한다. 오른쪽에는 내일 읽을 책과 다이어리를 쌓아둔다. 좋아하는 펜도 연필꽂이에 꽂혀 있다. 새로운 내일을 생각하면서 잠자리에 든다.

오늘 글쓰기 소재는 아이들이 만든 가을 게시판이다. 노트북을 열고 어제의 장면들을 떠올리니 피식 웃음이 난다. 키보드의 경쾌한 소리에 맞춰 아이들의 이야기가 화면에 펼쳐진다. 머리를 맞대고 의논하면서 마음에 드는 색지와 펜을 골라 그림을 그린다. 진지하게 제목을 쓰고 힘을 합쳐 만드는 모습이 내 글 위에 예쁘게 그려졌다. 가을 게시판을 소재로 글을 썼더니 '믿는 만큼 자라는 아이들'이라는 한 편의 글이 완성되었다. 이렇게 새벽에도 글을 썼다.

새벽 글쓰기 습관을 지니며 하루가 **빡빡**해졌다. 규칙적인 생활을 하지 않으면 하루 한 편의 글쓰기는 어렵다. 글쓰기를 하면서 불필요한 일들이 일상에서 삭제되었다. 아이쇼핑은 사라지고 우리 가족을 위해 꼭 필요한 쇼핑만 하게 되었다. 평소에 퇴근 후 TV나 유튜브를 자주 시청했다. 지금은 그런 시간이 줄었다. 한 편의 글을 쓰기 위해 노트북 앞에서 오랜 시간 고민한다. 고통을 이겨내고 얻는 한 편의 글은 소중하다.

내 가방은 크다. 가방 안에는 다이어리가 있다. 만년필과 삼색 펜 형광펜이 든 필통이 있다. 한 권의 책도 있다. 지갑을 깜빡 잊고 나올 때는 있어도, 이 세 가지는 필수 아이템이다. 일찍 도착한 교실은 조용하다. 진한 모닝커피 한 잔을 책상에 올렸다. 다이어리를 확인한다. 지난 밤 자기 전에 적어 둔 일정을 훑어본다. 새벽 루틴은 파란 펜으로 체크 한다. 만년필로 감사한 일을 적어본다. 곧 들이닥칠 아이들을 반겨줄 마음의 준비가 되었다. 교실에 도착한 아이들은 내가 제작한 아침 공책 을 꺼낸다. 우리 반은 아침마다 공책 테라피를 한다. 자신의 기분을 노 트에 기록하며 스스로 토닥여 주는 시간이다. 감사 제목 3가지를 기록 한다. 매일 독서 하고 한 줄 필사하면서 느낀 점을 적는다. 이렇게 하루 를 시작하는 아이들 표정이 밝고 활기차다.

퇴근 후 친구와 만나기로 한 카페에 도착했다. 항상 먼저 와서 기다 리는 건 나다. 기다리는 시간조차 좋다. 가방에서 책을 꺼내 읽는다. 뭉클한 문장을 발견했다. '사랑이 우리를 살리고, 사랑으로 우리는 이 룬다.' 다이어리를 펼쳐 꾹꾹 눌러 필사해 두었다. 다이어리와 책 한 권 만 있으면 세상 부러운 것이 없다. 평생 다이어리 테라피스트와 작가를 꿈꾸는 이유다. 나는 기록하면서 힐링한다. 노트와 펜 하나로 언제든 지 누릴 수 있는 행복 테라피. 이것을 나누는 삶을 꿈꾼다. 그래서 내 가 만들었다. 새로운 명함, 다이어리 테라피스트. 지금은 아이들과 함 께 아침 공책을 기록하며 마음을 알아주는 교사로 살고 있다.

50이 넘어서 이렇게 활기 있고 신나는 삶을 살게 될 줄은 몰랐다. 흰 머리카락이 올라오고 입가와 목에 주름이 잡혔지만, 마음은 활짝 펴졌다. 꿈이 있는 50대를 살아가는 지금이 아무런 목표 없이 그저 흘러가는 대로 살던 40대보다 훨씬 행복하다. 20대나 30대처럼 비장한 마음으로 꿈을 향해 가지는 않는다. 50대가 주는 넉넉함은 결과보다 과정을 즐기는 여유가 있어 좋다. 느려도 괜찮다. 가끔 멈추어도 괜찮다. 완벽하지 않아도 괜찮아. 여기까지 온 게 어디야. 꿈꾸며 살아간다.

낙제생,
졸업하다.

●
백영숙

15년 동안 가족 생계를 책임지면서 일만 하고 살았다. 놀 줄도 몰랐다. 무언가를 하지 않으면 불안했다. 문득 돌아보니 내 인생이 없었다. 가장 하고 싶었던 것이 공부였다. 학창 시절 제대로 공부하지 못했던 것이 미련으로 남았다. 2015년 한국방송통신대학교 경영학과에 입학했다.

3월 1일 입학식 날, 7층 강당에 들어섰다. '최강 경영학과 입학을 축하합니다'라는 피켓이 보였다. 쑥스럽고 멋쩍었다. 강당 입구에서 선배들이 나누어주는 김밥과 생수, 볼펜, 수첩을 선물로 받았다. 53세, 대학생이 되었다. 실감하게 된 순간이었다. 주위를 살펴보니 내 나이가 제일 많아 보였다. 입학식 행사가 끝나고 과 선배들이 학교생활에 관한 OT를 해 주었다. 그해 경영학과 신입생은 3,600명이었다. 4년 만에 졸업하는 비율은 9%에서 12%라고 했다. 중도에 포기하는 학생들이 많다고 한다. 열심히 공부해서 꼭 4년 만에 졸업하겠다는 마음의 목표가 생겼다.

"튀김 만두 사 간다." 매주 목요일 저녁 7시 30분부터 스터디가 있다. 시작 전 각자 간식을 사 와서 나눠 먹었다. 가끔 찜닭도 배달 시켜서 저녁으로 먹기도 했다. 학생으로 돌아와 함께 먹는 시간이 즐거웠다. 학창 시절 쉬는 시간에 도시락 까먹었던 추억이 떠올랐다. 스터디는 저녁 10시까지 진행되었다. 지역 대학에는 층마다 불빛이 보였다. 34년 만에 공부하는 내게 수업을 따라가기는 버거웠다. 뒤처지지 않기 위해서 미리 온라인 수업을 듣고 갔다. 들어도 이해가 되지 않았다. 1학년 1학기 첫 기말고사를 쳤다. 두 과목 과락이 나왔다.

1학기가 끝나니 스터디에 참석했던 인원이 절반으로 줄었다. 2학기에도 과락이 나오는 건 여전했다. 와! 어렵다. 동생들이 언니 힘들어서 못하겠다고 하소연한다. '너희가 힘든 거 나만 할까'라고 말하고 싶었다. "야, 우리 무조건 졸업하자." 모두가 함께 하는 목표가 생겼다. 말은 했지만 어디서부터 어떻게 해야 할지를 몰랐다. 경영학과 모든 과목이 어려웠다. 미시경제 과목은 과락이었다. 특히 회계 과목들을 할 때면 머리에 쥐가 날 지경이었다. 학교 다닐 때부터 숫자에 약했다. 스터디하는 동생들과 함께 회계 잘하는 분을 섭외했다. 낮에 시간 되는 동생들이랑 우리 사무실에서 과외를 받았다. 중, 고등학교 다닐 때도 안 받아본 과외였다. 그리고 전산회계 학원에 등록도 했다. 20대와 고등학생들이 대부분이었다. 젊은 친구들이 빠르게 타이핑치는 소리에 주눅 들었다. 느린 속도지만 부족한 만큼 참고 공부했다. 첫 시험은 떨어졌지만,

다시 응시했다. 가까스로 전산회계 2급 자격증을 땄다.

어, 코피 난다. 학년이 바뀌고 어려운 과목은 계속 생겼다. 학교 다닐 때 시험 기간에도 열심히 해 본 적 없었다. 그중에서도 가장 하기 싫고 어려웠던 과목이 영어, 수학이었다. 특히 수학은 공식을 많이 알아야 했다. 물론 공식을 대입할 만큼 제대로 공부를 한 적도 없었다. 생각도 나지 않았다. 멍하니 책상에 앉아서 한숨만 쉬었다. 자존심을 접었다. 큰 아들에게 도움을 요청했다. 방정식과 함수를 다시 배웠다. 시험 기간에는 아침부터 학교 가서 복습과 예습을 했다. 의자에 열 시간씩 앉아 있으면 다리에 쥐가 나고 속이 울렁거렸다. 코피가 나는 날도 많았다. 체력이 떨어져서 가끔 링거까지 맞았다. "학교 다닐 때 이렇게 공부했으면 S대 가지 않았을까?"라는 우스갯소리를 한다. 4년 만에 졸업하는 것이 꿈이자 목표였기 때문이다.

"야들아, 대전에 갈 사람?"

대전지역 대학에서 기초통계 특강이 있다. 학교 선배이자 타 대학원 겸임교수로 있는 이정우 교수님이 가르쳐 준다. 후배들을 사랑해서 하는 재능 기부였다. 수학을 산수 식으로 쉽게 설명해 줬다. 한 번 듣고는 이해가 되지 않았다. 대전을 시작으로 서울, 부산, 대구, 교수님이 가는 곳마다 따라다녔다. 덕분에 전국 경영학과 동기들을 많이 알게 되었다. 그래서 탄생하게 된 방송대를 사랑하는 모임, 방사모가 있다. 교수님이 가르쳐 주는 과목들은 세 번씩 책을 봤다. 시험지를 보면 답이 보였다. 공부가 재미있고 자신감이 생겼다. 3학년 때부터 성적이 올랐

도대체 뭐가 잘못된 거지?

다. 1학년 때 과락 받은 과목과 부족했던 성적은 계절학기 시험을 쳐서 만회했다.

4학년 때 경영학과 학생회장이 되었다. 영광스러운 자리인 만큼 하는 일도 많았다. 학교에는 멘토링 제도가 있었다. 바쁘지만 신청했다. 신입생들 역시 졸업이 목표였기에 많은 학생이 멘토링을 신청했다. 에너지를 쏟았다. 평소에 일을 하거나 공부할 때도 수시로 연락이 왔다. 책임감을 중요시했기에 하던 일도 접어두고 후배들의 고민을 들었다. 때로는 지치기도 했지만, 나로 인해 후배들이 적응하는 모습을 보니 뿌듯했다. 각종 행사도 많았다. 과 동기들이 도와준 덕분에 맡은 역할을 잘 마무리할 수 있었다.

"빨리 찍어라."

2018년, 3박 4일 대만 졸업 여행을 다녀왔다. 예류 지질 공원 갔을 때 비가 내렸다. 비옷을 사 입었다. 핑크, 파랑, 하얀색 다양하다. 신발 위에 신는 비닐봉지도 샀다. 이런 건 처음이다. 비바람이 불었다. 머리카락은 헝클어지고 비옷은 바람에 부풀어 올랐다. 서로의 모습을 보면서 웃었다. 진숙이는 진흙탕에 미끄러졌다.

"야, 빨리 찍어라 찍어."

원규는 사진 찍기에 바빴다. 나이를 잊었다. 그리운 추억이 되었다. 동기들의 단합은 최고였다. 각자 맡은 자리에서 서로 격려하면서 달려왔다.

2019년 1월 그토록 바라던 졸업식 날이다. 대구, 경북 지역 대학 졸업생 대표로 졸업장과 총장상을 받았다. 단상에 올라가서 사은사도 낭독했다. 늦은 나이에 직장 생활과 공부를 병행하면서 느꼈던 쉽지 않았던 대학 생활에 대한 솔직한 이야기를 전했다. 좌석에서는 훌쩍거리는 소리가 들렸다. 모두가 나와 같은 마음으로 졸업식에 참여했기 때문이다. 또 하나의 꿈이 달성된 순간이었다. 함께 이루어 낸 결과다.

첫 시험에서 두 과목 과락이 있었다. 실망했지만, 포기하지 않았다. 하고 싶었던 공부였고, 졸업이라는 목표가 있었기 때문이다. 부딪혀 보니 나이는 문제가 되지 않았다. 간절함이 있었기 때문이다. 무엇을 하든 힘들고 어려운 순간은 생긴다. 중요한 건 포기하지 않았다. 그렇게 한 걸음씩 나아가다 보니 불가능하다고 생각했던 것도 이루어지는 기적을 볼 수 있었다. 생각지 못한 행운도 얻었다. 낙제생 4년 만에 졸업했다.

어린 왕자를
꿈꾸며

●
이승희

초등학교 6학년. 유월 어느 오후. 학교 잔디밭에 앉아 『어린 왕자』를 읽었다. 마지막 페이지. 어린 왕자가 자신의 별로 떠난 사막 그림이 나왔다. 무릎에 책을 펼친 채 멍하니 앉아 있었다. 붉은 노을이 온 세상을 물들일 때까지 꼼짝하지 못했다. 언제나 머리를 왱왱 울리던 잡음이 들리지 않았다. 언제 엄마가 부를까 불안하던 마음도 잠잠했다. 처음 알았다. '세상이 이렇게 아름다울 수도 있구나.' 그때까지 내 세상은 온통 칙칙한 잿빛이었는데.

내 첫 기억은 칠흑 같은 어둠으로 시작된다. 나는 울고 있는 엄마를 달래고 있었다. 부부싸움 끝에 아빠가 집을 나갔다. 전기가 나가 사방이 깜깜했다.

"엄마, 괜찮아. 울지 마. 엄마. 내가 잘할게."

서너 살 때였는데 그런 말을 했단다. 내가 그런 말을 했는지는 기억나지 않는다. 그저 무섭고 두려웠다는 것만이 강하게 남아있다. 엄마는 그런 나를 두고 갈 수 없어서 아빠 곁에 남았다고 했다.

"그러니까 네가 공부 잘해서 이 집을 일으켜 세워야 한다. 그래야 네 동생들도 잘 되는 거야."

엄마는 아침부터 밤까지 그렇게 되뇌었다. 학교 선생님도, 아버지 친구들도 그렇게 말했다. 버거웠다. 발목에 커다랗고 무거운 쇠뭉치가 달린 것 같았다.

엄마 아빠는 늘 싸웠다. 엄마의 잔소리로 시작해서 아빠의 주먹다짐으로 마무리되는 싸움. 나는 동생 넷을 옆방에 집어넣었다. 동생들은 숨죽인 채 가만히 있었다. 나는 안방 문밖에 쪼그리고 앉아 있었다. 싸움이 격렬해지고 엄마의 자지러지는 비명이 들리면 옆집으로 달려갔다. 문이 부서지라 두들겼다. 쾅쾅쾅.

"아저씨. 우리 엄마 죽어요. 아빠 좀 말려 주세요."

하도 지겹게 싸워대니 세 든 집에서 쫓겨나기 일쑤였다. 웬만큼 싸워서는 아무도 나와보지 않았다. 옆집에서 큰소리만 나도 들여다보는 시골이었는데도.

아빠는 평소에는 순했지만, 술만 마시면 돌변했다. 취한 아빠 손에 자다가 얻어맞고 기절한 적도 많다. 엄마는 아빠에게 받은 울분과 다섯 자식을 데리고 생계를 꾸려나가야 하는 고단함을 자식들에게 풀었다. 맏딸인 내게 특히 그랬다. 지나친 애정과 지나친 체벌이 함께 쏟아졌다. 학교 끝나고 집에 오면 맛난 반찬을 손에 들고 기다렸다. 성적이 떨어지면 회초리가 날아왔다. 시험 결과가 나올 때마다 떨었다. 싸우다 엄마가 크게 다칠까 불안했고 동생들이 휘말려 잘못될까 두려웠다. 그날 치 부부싸움이 끝나야 잠들 수 있었다. 동생들 옆에 끼어 잠드는 순간만이 평화로웠다.

잠들 때마다 빌었다. '제발, 아침에 눈이 떠지지 않게 해주세요.' 매일 그랬는데. 『어린 왕자』를 읽고 처음으로 세상이 아름답다고 생각했다. 살고 싶었다. 이런 책을 많이 읽고 싶었다. 그때 결심했다. '나도 이런 책을 써야지.' 나처럼 죽고 싶은 어린애가 세상 살고 싶게 만드는 책. 세상이 아름다운 곳이라는 것을 알려주는 책. 딱 한 권이면 돼. 그다음에 죽어도 괜찮아. 그때부터 그 꿈을 품고 살았다. 덕분에 세상에서 제가 제일 불행한 줄 알았던 어린 시절에도, 온갖 사건 사고에 휘말릴 때도 나는 악착같이 살고자 했다.

그때는 몰랐다. 『어린 왕자』 같은 책을 쓰고 싶다는 생각을 꿈으로만 품고 있는 한 영원히 꿈만 꾸게 된다는 것을. 작가가 되어 원하는 글을 쓰고 싶다면 글 못 쓰는 현재 자기 자신을 견뎌야 하고, 생계를 위해 다른 일을 하더라도 놓지 않고 글을 써야 한다는 것을.

『어린 왕자』 같은 책을 쓰고 싶어 문예창작과에 갔다. 정작 학교 다닐 때는 아르바이트해야 한다는 핑계로 글 잘 쓰는 친구들을 구경만 했다. 나중에 자유기고가로 잡지사에 기사를 쓰고 대필하고 살면서 내 글에 목말라했지만 소설 쓸 엄두를 내지 못했다. 그 후, 서너 번쯤 거꾸러졌다 일어나기를 반복했다. 그럴 때도 『어린 왕자』 같은 책을 쓰고 싶다는 소망은 늘 간직하고 있었다. 남들에겐 입도 뻥끗하지 못했다.

2년 전 웹소설을 쓰기 시작했다. 웹소설은 날마다 마감해야 한다. 날마다 글 쓰는 것이 힘들어 벽에 머리를 자주 박았다. 장편 소설은 처음 써 보는 것이었다. 한 줄 쓸 때마다 머릿속 어린 왕자와 비교했다. 내 글은 쓰레기였다. 어쩌면 못 써도 이렇게 못 쓸 수가 있을까. 마감에 쫓겨 어쩔 수 없이 글자 수를 채워 올릴 때마다 딱 죽고 싶었다. 결국, 두 번째 웹소설은 마감을 10여 회 남겨 두고 손을 놓았다. '어린 왕자'는 무슨. 자신을 비웃으며

"얘들아, 아무리 훌륭한 작가도 처음 쓴 글은 형편없기 마련이야. 아마 셰익스피어도 초고는 쓰레기통에 구겨서 던져 넣었을걸. 그러니 마음 편하게 그냥 써. 선생님이 있잖아. 함께 고치면서 네 생각을 글로 표현해 보자."

수업 시간 아이들에게 이렇게 말하곤 한다. 정작 내가 쓴 글을 볼 때는 왼눈을 감는다. 차마 두 눈 뜨고 보기 힘들기 때문이다. 그랬는데 이제는 내 글을 똑바로 보고 있다. 자이언트 공저 쓰기를 하면서부터다. 혼자 책을 쓰기 시작했다면 중도에 포기하고 말았을 거다. 하지만 그럴 수 없었다. 공저를 하다가 포기하면 대참사가 일어난다. 눈 부릅뜨고 써야 한다. 아무리 못난 글도 다듬으면 좀 낫다. 퇴고를 거듭하면 볼만해진다. 새삼 깨닫는다.

다시 '어린 왕자'가 고개를 비죽 내민다. "나는 언제 불러 줄 거야?" 웹소설 중단한 뒤부터 얼마 전까지는 누가 볼 새라 '어린 왕자' 고개를 꾹 눌렀다. 이제는 마주 보고 웃는다. 내 책을 읽어 줄 독자가 생겼기 때문이다.

세상 그만 살고 싶었던 어린아이. 그 애가 기다리고 있다. 바로 나 자신이다. '어린 왕자' 같은 대단한 책을 쓰고 세상의 인정을 받아야만 인생의 무게에 짓눌린 아이를 구할 수 있는 것은 아니다. 좀 서툴더라도 진심이 담긴 글을 읽고 한 줌 위로를 받을 수 있는 글은 쓸 수 있다. 당장 어려운 일이 닥친 사람에게 한 가지 도움이 되는 글은 쓸 수 있다. 이번 공저를 계기로 글을 쓰는 목표를 새롭게 잡는다. 나와 같은 사람이 삶을 다시 볼 수 있게 가치를 전하는 글을 쓰자. 그리고 나 자신에게 들려줄 이야기를 쓰자. 초등학교 3학년 때. 나는 혼자 동화를 썼다. 그냥 재미있었다. 동생들에게 들려주니 입을 헤 벌리고 좋아했다. 그때는 글 쓰는 게 즐거웠다. 그때처럼 쓰자. 시큰둥한 얼굴로 세상을 바라보는 어린 나에게 즐겁게 쓴 글을 읽어 주자.

더불어 사는 삶

이증숙

　수술한 뒤 4년째다. 가끔 '내가 지금 뭐 하는 거지?'라고 생각했다. 지금도 내게 오는 문의 전화, 두 달에 한 번씩 자격 과정 심사, 라인댄스에 관련된 일을 할 때마다 설레고 즐겁다. 현실은 내게 춤을 허락하지 않는데도.

　회원들에게서 가끔 전화가 온다. 요즘 어디서 수업하냐고. 사람을 좋아해서 시작한 이 일. 이제는 그만두려 한다. 지난 7월에 그간 고이 간직했던 댄스복을 회원들에게 나눠 주었다. 10월 14일 마지막 자격 과정을 실시했다. 2023년 제4회 전국 실버 체조 경연 대회가 10월 24일 개최된다고 희영 대표가 참가해 보라고 했다. 라인댄스를 시작할 때의 초심을 생각하여 회원들에게 대회에 참가할 생각이 있는지 알아봤다. 참가하겠다는 사람이 많았다. 제자 두 사람이 지도하기로 했다. 10월 31일 부산시청에서의 심사를 마지막으로 제2의 댄스 인생을 마감하려 한다.

　새로운 인생의 시작이다. 내 카톡의 프로필을 '내 인생의 황금기는 지금, 이 순간부터'라고 바꿨다. 세상이 바뀌고 나의 상황도 바뀌었다.

도대체 뭐가 잘못된 거지?

20년 타던 차를 처분하고 새 차를 샀다. 겨울이면 손을 호호 불며 잡던 핸들에 버튼 하나 눌렀더니 따뜻해졌다. 백미러에는 빗물이 떨어져도 금방 사라졌다. 조그만 차 내부의 변화가 세월의 흐름을 말해 주었다. 젊은 사람들이 차를 5년 만에, 3년 만에 바꾼다는 말을 이해할 수 있었다. 이런 세상에 살고 있다. 온라인 세상은 더 빨리 변한다. 하룻밤 자고 나면 바뀌고 또 하루가 지나면 다른 뭔가가 생기고 없어진다. 작년에는 메타버스와 NFT에 대한 정보가 홍수처럼 밀려오더니 어느새 파도에 휩쓸린 모래성처럼 사라져 버리고 올해는 ChatGPT와 전자책이 판을 치고 있다. 언제 무엇이 생기고 없어지는지 모르는 사람들이 훨씬 많다. 스마트폰과 컴퓨터에도 많은 변화가 생겼다. 1분 안에 끝나는 숏츠와 릴스가 인기다. 사람들은 긴 것을 싫어하고 짧고 빠른 것을 좋아하는 모양이다. 변화는 끊임없이 밀려온다. 배움에는 끝이 없다. 평생 교육의 시대임이 틀림없다.

스마트폰이 좋은 점도 있지만, 너무 복잡해서 싫다. 편리하기도 하지만 알아야 할 게 많다. 전화 걸고, 받고, 사진 찍는 것으로만 사용하는 사람들이 대부분이다. 내 친구들도 그렇다. 친구들에게 좀 배우라고 했더니 "머리 아프다. 지금까지 모르고 그냥 살아도 사는 데는 지장 없다."라고 했다. 말은 맞는 말이다마는 김치냉장고 가격만큼의 돈을 주고 산 스마트폰이다. 전화 걸고, 받고, 사진만 찍는다는 것은 왠지 손해 보는 느낌이 들어 억울하기도 했다. 배우려니 머리는 아프다. 작은 화면을 터치하면서 뭔가를 한다는 것이 스트레스다. 그래도 배워야겠다는 생각으로 덤볐다. 초보가 왕초보를 가르친다는 생각으로 하라는 온라인의 유행어를 가슴 깊이 새기며 도전했다.

수전증 있는 손으로 스마트폰을 사용하고, 마우스로 드래그한다는 것이 힘들었다. 올가미 씌우는 것을 한 번에 하지 못해 놓치고, 놓치면 따라가기 힘들어 포토샵을 포기하고 말았다. 메타버스의 프로젝트에 참여하지 못했을 때는 온라인 세상에 다시는 있고 싶지 않았다. 하지만 그만두고 싶지도 않았다. 나이 많은 어르신들에게 스마트폰 사용법을 가르쳐 보자는 생각으로 공부했다. 디지털 배움터 강사를 시작했다. 가르쳐야 했기 때문에 공부하지 않으면 안 되었다. PPT로 강의 자료를 만들어 보건소와 건강 생활지원센터, 경로당에서 어르신들에게 스마트폰의 기본에 대해 가르쳤다. 덕분에 스마트폰의 용어와 기본에 대해서는 잘 알게 되었다. 걷는 게 불편하고, 경로당에서는 앉았다, 일어섰다를 반복해야 했기에 힘들었다. 불편한 몸으로는 무리여서 올해는 디지털 배움터 강사를 지원하지 않았다. 건강을 먼저 챙겨야겠다는 마음이었다.

하지 정맥 수술을 받았는데도 컴퓨터 앞에 앉았다가 일어서면 다리가 부어 걸을 수가 없었다. 오른쪽 발과 다리에 침을 맞으러 다니는 중에 왼쪽 발과 다리가 부었다. 침으로도 해결되지 않았다. 이러다가 외출도 제대로 못 하고 집에만 있어야 하는 게 아닌지 걱정되었다. 엄마 나이까지 산다고 해도 20년은 더 살아야 하는데 집에서 TV 리모컨만 누르는 삶을 산다고 생각하니 눈앞이 캄캄했다. 다른 방법을 찾아야 했다. 그때 손미경 강사가 효소 디톡스를 소개했다. 혈관 청소를 해야겠다는 생각으로 전문가인 임어금 대표에게 연락했다. 대구에서 부산으로 나를 만나러 왔다. 이야기를 들어보니 해야겠다 싶어 결정했다. 이 때는 무식한 방법이 최고라는 생각으로 효소 먹는 것을 바로 시작했다. 탄수화물 중독자인 내가 밥을 먹지 않고 3일을 견딜 수 있을까 걱정했는데 10일을 지나, 20일을 해냈고, 60일도 지나갔다. 70일에서 80일 사이가 힘들었다. 먹고 싶은 생각이 빠르게 나의 목을 조였다. 참아야 했다. 70일 동안 해 온 것을 물거품으로 만들 수 없어서였다. 효소를 먹는 동안 향에 민감하다는 사실을 알았다. 화장품 냄새, 술 냄새, 꽃에서 나는 특유의 향이 먹을 때마다 다양한 향으로 나타나 역겨웠다.

효소만 먹는 '비우기'목표 100일을 달성하고 난 뒤의 뿌듯함이란 말로 표현할 수 없었다. 효소를 먹기 전에 지방간, 당뇨 전 단계였고, 고지혈증약과 고혈압약을 복용하고 있었는데 효소를 먹고 난 후에는 전부 표준으로 나타났으며, 두 가지 약은 먹지 않는다. 체중이 16kg이나 감량되었다. 중간에 일어나는 호전 반응을 겪으면서 나을 수 있겠다는 기분이 들었다. 반응은 너무나 다양하게 일어났다. 어릴 적 아팠던 곳에 가려움이 생기며 벌겋게 발진으로 나타났고, 다쳤던 곳이 다시 아팠다. 더 심해질까 두렵기도 했다. 얼굴의 넓적 사마귀가 가렵더니 며칠이 지나자 떨어지기 시작했고, 검버섯 색깔이 옅어졌다. 목 주변에 난 커다란 쥐젖이 작아졌다. 목과 얼굴에 두드러기가 엄지손톱 크기만큼 여기저기 나타나더니 서서히 사라지며 지금은 맑아졌다. 다양한 호전 반응을 겪으면서 버텨왔다. 그 결과 투명해진 피부, 건강하고 가벼워진

몸, 걸음걸이도 좋아졌다. 아직도 발목에 힘은 완전히 돌아오진 않았다. 균형감각도 떨어진 상태다. 나머지는 운동으로 채워야 한다. 유산소 운동과 근력운동을 해야 한다.

내 오픈채팅방에 임어금 강사를 초청하여 건강 관리에 대한 강의를 준비했다. 줌을 통해 변한 내 모습을 본 사람들은 무슨 일이 있었는지 궁금해했다. 나의 경험을 말해 주었다. 지난 6월 친구들과 1박 2일 칠순 여행을 다녀왔다. 효소를 먹던 중이라 친구들에게 양해를 구하고 효소만 먹었다. 두 달 만에 친구들과 다시 만났다. 친구들이 다들 한마디씩 했다. '좋아 보인다.' '예전의 네가 낫다.' '이제 그만해라.' '우리 나이에 안 먹으면 안 된다.' "많이 먹어라.' '더 빼면 죽는다.' 반응은 다양했다. "응 고맙다. 알았다. 명심할게" 하며 그냥 흘려들었다.

며칠 지나 순옥이로부터 전화가 왔다. 효소를 소개해 달라고 했다. 지금 순옥이도 잘 먹고 있고 무릎과 발목의 통증이 없어져 걷기가 좋아졌단다. 순옥이 남편도 같이 먹으며 운동을 하고 있다고 한다. 나를 통해 소개받은 사람들은 지금 효소로 건강 관리하는 중이다. 내 건강을 위해 한 일이 다른 사람의 건강을 돕는 일이 되어 버린 지금. 그 사람들을 돕기 위해 관련된 책과 호전 반응에 관한 공부를 하고 있다. 타인을 위해 아무것도 할 수 없다고 생각했는데, 나를 위해 한 행동이 다른 이들에게 도움이 되고 있다는 것에 고마움을 느낀다. 비슷한 고통을 겪는 사람들에게 알려야겠다는 생각으로 글을 쓰고 있다.

나를 돕고
너를 돕는

●

정유나

분명 낭떠러지다. 눈앞에 구름이 자욱하다. 까마득하게 높은 기둥 위, 한 사람도 서 있기 힘든 좁은 공간. 지탱할 수 있는 것이라고는 아무것도 없다. 다리가 후들거린다. 그런데 갑자기 땅이 흔들린다. 아찔하다. 여차하는 순간 나는 어떻게 될지 상상조차 어렵다. 이제 죽는 건가. "한 번만 살려주세요. 살려주신다면 봉사하며 살겠습니다." 생각할 여지조차 없던 절박한 순간에 입 밖으로 튀어나온 말이다.

눈을 떴다. "하느님 감사합니다." 심장은 여전히 요동치고 있었고 꿈은 생생했다. '봉사하며 살겠습니다' 꿈에서 말한 대로 살아야 할 것 같았다. 마치 나에게 또 한 번의 기회가 주어진 것처럼. 그때부터였을까. 그렇지 않아도 나의 소명은 무엇인지, 어떻게 살아야 할지 고민이 많았다. 고민 때문인지 꿈 때문인지 모르겠지만, 더 자주, 그리고 깊이 그 주제를 떠올리게 되었다. 봉사하며 사는 삶.

초등학교 2학년 때다. 소혜는 늘 혼자였다. "쟤 엄마 벙어리래." 수군

대는 소리에도 대꾸하지 않았고, 쉬는 시간에도 말없이 앉아 있을 뿐이었다. 간혹 놓고 간 물건을 가져다주러 엄마가 교실 앞까지 다녀간 날이면 소혜는 어쩐지 친구들 눈치를 보는 것 같았다. 그럴수록 자꾸만 내 눈은 소혜를 찾았다.

"소혜야, 우리 집에 놀러 갈래?"

소혜가 우리 집에 놀러 온 날, 그날 알았다. 소혜는 말을 잘하고 웃음도 많다는걸. 동생들까지 데리고 와서 시끌벅적하게 뒹굴었다. 깔깔깔 웃음이 끊이지 않았다. 어린 나이에도 동생들을 잘 챙겼던 소혜가 어른 같아 보였다.

"유나야, 선생님이 교무실로 잠깐 오라셔."

담임 선생님은 몇 개의 종이를 들고 계셨다. 고등학교에서 필요한 봉사활동 점수는 진작에 채웠으니, 아직 점수를 채우지 못해 발등에 불이 떨어진 친구들에게, 내 봉사활동 확인서를 줘도 되겠냐고 하셨다. 친구들은 나중에 보충하기로 하고 말이다. 나에겐 있어도 그만 없어도 그만인 확인서라 안 될 이유가 없었다. 친구들은 고마워했다.

부모님과 함께 성당에서 몇 차례 봉사활동을 다녀온 후, 자원봉사에 관심이 생겼다. 고등학교 때에는 RCY 봉사동아리에 가입하고, 개인적으로도 집 근처 요양원에 다니며 할머니 할아버지들을 만났다. 주로 식사 시간에 도움이 필요한 어르신들 옆에서 시중을 들었지만, 중간중간 말벗도 되어드리고 필요하면 청소도 했다. 같이 있는 것만으로도 좋아해 주시는 어르신들 덕분에 사랑 받으면서 다녔다.

학창 시절 복지관이나 생활시설, 공공기관 등에서 봉사활동 했다. 청소도 하고 어르신들 말벗도 되어드렸다. 어린이날이나 가정의 달 같은 특별한 시기에는 행사지원을 나갔고, 공공기관에서는 문서 정리하는 일도 접했다. 작게나마 누군가에게 도움을 줄 수 있다는 건, 마음 뿌듯한 일이었다. 특권이라는 생각마저 들었다. 함께 하는 어른들은 시간, 물질, 재능 등 가진 것을 기꺼이 내놓았다. 밝은 웃음으로 함께 하는 어른들은 여느 사람들과 달라 보였고, 그렇게 멋있어 보일 수 없었다. 이 좋은 걸 알아버려서일까. 학창 시절 봉사활동이 하나의 계기가 되어 나는 사회복지사가 되었다.

특별한 재능이나 능력은 없었다. 지금 생각해 보니, 보잘것없어도 내가 가진 것은 어딘가에 쓰이곤 했다. 대학 졸업할 무렵 생긴 빛바랜 프라이드로 봉사자들을 날랐다. 성당에서 성서 봉사자로 지낼 때였는데, 봉사자 대여섯 명을 태우고 한 시간 거리에 있는 교구청까지 한동안 날마다 오갔었다. 조그마한 자동차도, 이제 막 초보 딱지 뗀 운전 실력도 쓸모가 있었다. 또 성가가 좋아서 혼자 악보를 보며 피아노를 치곤 했는데, 그 미미한 실력으로 반주 봉사를 한다. 내놓기 민망한 실력이라도 어딘가에 쓰인다는 것은 감사한 일이다.

다른 사람 돕는 걸 좋아했던 나도, 나를 좀 찾고 싶은 순간이 있었다. 위기는 기회라고 했던가. 지금은 그 순간을 도약을 위한 시간이었노라 말하고 싶다. 결혼에서 시작해 출산, 육아, 그리고 경력 단절로 이어지는 이야기는 남 얘기가 아니었다. 나와 내 친구들의 이야기였다.

그뿐인가. 무슨 세트처럼 하나같이 자존감이 내려앉는 것 같다고 말했다. 나 또한 아이와 가정 중심으로 지내는 날들이 늘면서 실감했다. 반찬도 아이가 먹을 수 있는 것을 우선했고, 계절이 바뀌면 가장 먼저 아이 옷부터 바꿨다. 남편의 출퇴근 시간이 바뀔 때마다 내 기상 시간이 달라졌고, 아이의 리듬에 따라 밤에도 수시로 깨곤 했다. 청소기 돌리고 설거지하고, 세탁소 다녀오고 장을 보는 일들은 아무것도 아닌 것 같았다. 뭘 해도 신나지 않았다. 나를 잃어버릴지도 모른다는 생각이 들자 그대로 있을 수 없었다. 이젠, 나를 도울 차례다. 내가 원하는 것은 무엇이고, 무슨 일을 하고 이루며 살 것인가도 모호했다. 마음공부를 시작했다. 유행처럼 퍼져간 미라클 모닝에 합류했다. 새벽에 일어나 시간을 확보하고 산책과 독서 등 좋아하는 것으로 채워가니 비로소 이전과 다른 에너지가 돌기 시작했다. 웃는 시간이 늘었고 말에도 신경을 쓰기 시작했다. 아무것도 아닌 일에 억지로라도 의미를 부여하는 일이 늘었다. 그래 이거다. 나를 먼저 돕기 시작하자, 가족과 다른 사람을 도울 에너지는 힘들이지 않고도 생겨났다. 그간 나를 돕는다는 명분으로, 이런저런 계획을 세워 성취하고 실패하고 다시 시작하기를 반복하며 깨달은 것이 있다. 오늘을 잘 살아야 한다는 것이다. 소명을 찾고 싶을 땐 답답하기도 했지만, 인간은 얼마든지 성장하는 존재가 아닌가. 내 소명을 찾았으니, 이제 전진하자 하는 순간이 죽을 때까지 오지 않을지도 모른다. 그렇다면 지금 어떻게 살아야 하는가에 마음이 멈춘 것이다.

그리스 신화에 나오는 잠 신과 죽음의 신은 형제라고 한다. 잠이 건강하고 평안한 삶에서 꼭 필요하다는 점에서 죽음과 다르지만, 눈을 감고 눕는다는 것은 닮았다. 우리는 매일 죽음을 연습하고 있는지도 모른다는 말이 떠올랐다. 날마다 죽고 새로 태어난다고 생각하면 하루가 특별하지 않을 수 없다. 허락된 하루에 매진하는 것이 인생을 사는 현명한 방법이 아닐까, 생각한다.

공저를 집필하며 기회는 이때다 싶어, 오래된 파일 하나를 꺼냈다. 마인드 파워 심화 과정 수업에서 사용했던 파일이다. 머리가 깨질 듯 생각하고 또 생각하며 과제를 했던 기록이 남아있었다. 다시 봐야지 했던 내용을 3년이 지나고서야 제대로 마주하게 되었다. 마인드에 관한 내용, 성취를 이루었던 경험, 내가 바라는 모습, 가지고 싶은 것 등이 사진과 함께 담겨있었다. 순전히 30개 쓰기나 100개 쓰기 과제 덕분에 당시 쓴 목록이 꽤 많다. 그 수에 차이가 있을지언정 지금의 생각과 크게 다르지 않다. 파일을 넘기다가 닮고 싶은 사람과 지향하는 가치가 적힌 페이지에서 시선이 멈췄다. 삶의 방식을 닮고 싶다고 한 사람으로 국제구호활동가이자 작가인 한비야. 비움의 여백을 사랑으로 채우는 신애라, 그리고 기부 천사 가수 션이 있었다. 영성을 닮고 싶다고 한 사람은 키아라 루빅과 마더 테레사이다. 예수님을 사랑하는 마음으로 순간순간 사랑을 살고자 했던 키아라 루빅, 그리고 세계평화를 위해 무엇을 해야 하냐는 기자의 질문에, 집으로 돌아가 가족을 사랑하라 말했던 마더 테레사다. 의도는 없었지만 찾고 보니 모두 신앙이 있었다. 분야는 조금씩 달랐지만 헌신, 기부, 입양 등 각자 자리에서 할 수 있는 일을 선택하여, 사랑을 실천하는 사람들이었다. 이런 사람들에 끌렸다는 것은 나도 그렇게 살고 싶다는 것이 아닐까.

"유나야, 너는 하느님 이야기할 때 눈이 반짝반짝 빛나."

같이 성당 가자고 말하지 않았어도 젊은 날 나의 모습을 보고 세례받은 친구가 몇 된다. 신나게 부지런히도 살았다. 내가 좋아하는 일을 하면 사람들은 함께 하려고 했고, 그것이 좋아하는 일을 해야 하는 이유라 생각했다. 그러나 가정을 이루고 보니 좋아하는 일만 할 수도 없는 노릇이었다. 먹고 살기 위해 해야 하는 일도 소홀할 수 없고, 엄마와 아내로의 역할도 충실해야 했다. 해야 하는 일을 하며 역할에 충실할 때 또 다른 누군가는 행복해졌다. 이제는 내가 하는 모든 일에 사랑을 품고자 한다. 나를 돕고 너를 돕는다는 마음으로, 사랑으로 오늘을 사는 일. 이것이 어렴풋하게나마 내가 발견한 인생의 지향점이다. 지금 쓰는 이 글에도 사랑의 마음을 실어본다.

도대체 뭐가 잘못된 거지?

나를 사랑하고
남을 사랑하며 살자

●
조지연

　행복해지고 싶었다. 미치도록 행복해지고 싶었다. 사는 게 왜 이리 힘드냐며 부정적인 감정에만 휩싸여 아무것도 보이지 않을 때가 있었다. 세상에 태어난 것은 힘든 일을 겪기 위해서라 생각했다. 사는 게 얼마나 힘들면 석가모니도 인간은 삶의 목적이 고통에서 벗어나 평화와 해방을 찾는 것이라 말했을까. 삶은 고통과 연결되어 있다고 한다. 누구나 사는 것이 그저 행복하지만은 않을 것이다. 행복하다는 건 어떤 것일까. 스트레스받지 않고 긍정적인 감정과 만족의 상태를 나타내는 것이다. 그러기 위해서 해야 할 것들이 있다.

　첫 번째, 나를 사랑하는 일이다. 나를 사랑해야 남도 사랑할 수 있다. 내가 행복해야 다른 사람에게도 행복을 전할 수 있다. 나를 사랑하려면 어떻게 해야 할까. 나를 받아들여야 한다. 장단점을 이해해야 한다. 단점만 보고 나를 미워할 때가 있었다. 나는 왜 잘하는 게 없을까 자책하고 원망했다. 너무 괴로워서 간절한 마음으로 내 장점을 100가지 적어보았다. 생각이 나지 않아 꾸역꾸역 적었지만, 결국 다 채웠다.

적고 보니 나는 장점이 많은 사람이었다. 나의 몰랐던 부분까지 알게 되었다. 임신하고 만삭까지 일했다. 일하는 게 재미있었고 체력도 좋았다. 잊고 지냈던 나의 부지런한 모습을 보니 스스로 대견해 보였다. 단점을 이해하고 나를 사랑하기 시작하니 세상이 달라 보였다. 이전에는 남이 나를 어떻게 판단할지 두려웠다. 남 눈치 보는 시간이 많을 때는 여유 시간과 에너지가 없었다. 열정도 사라지고 무기력해졌다. 이제 남보다 나에게 귀를 기울이고 나를 사랑하는 것이 인생 목표가 되었다. 가장 사랑하는 사람 0순위는 내가 되기로 했다.

두 번째, 가족이다.

가족은 내가 사는 이유다. 사랑하는 남편과 눈에 넣어도 아프지 않은 두 딸, 양가 부모님과 형님네, 남동생까지. 가족과 잘 지내는 것이 내 인생의 중요한 목표다. 남편은 어릴 적부터 누나와 잘 지내서 결혼 후 지금까지도 친하다. 가족은 든든한 울타리가 되어준다. 어떤 일이 있어도 가족을 우선순위에 두어야겠다. 행복한 가정을 이루기 위해서 노력해야 할 것은 무엇일까. 비교하지 않는 것이다. '다들 이렇게 산대', '내 친구는 그렇다더라', '그 집 남편은 이렇다더라' 같은 이야기는 도움이 되지 않는다. 그건 그 사람들의 삶일 뿐이다. 결혼 생활은 세 개의 삶이 지탱하는 것이라 한다. 나의 삶, 배우자의 삶, 그리고 우리(부부)의 삶. 나는 좋은 아내 좋은 부부로만 살면 잘 산다고 생각했다. 그 중 '나의 삶'이 탄탄하게 버티고 있어야 한다. 내가 원하는 것을 하면서 나의 삶이 바로 서 있어야 행복한 가정을 만들 수 있다. 나의 인생 목표는 가족이 행복한 것이다. 주말에는 가족과 시간을 보낸다. 남편과 나는 평일에는 각자 위치에서 열심히 일하고, 주말은 무조건 가족과 보내는 것을 목표로 하고 있다. 긴장을 풀고 여유롭게 쉰다. 무리해서 일하면 효율이 떨어진다. 머리를 식히고 비우는 시간은 매우 중요하다.

세 번째, 자기 계발이다.

성장하고 발전할 때 행복하다. 새로운 것을 배우고 알아갈 때 성취감은 다른 것과 비교할 수 없다. 자기 계발은 할머니가 돼도 계속할 것이다. 배우고 도전하는 할머니, 멋지지 않은가. 호기심 많은 귀여운 할머니가 되고 싶다. 새로운 경험을 두려워했다. 해 보지 않은 일은 피하고 싶었기 때문이다. 내 직업은 치과위생사다. 12년간 일했다. 지금까지 여섯 군데 치과에서 근무했다. 단조롭게 하던 일만 하고 우물 안 개구리가 되기 싫어 이직했다. 여러 치과를 다니며 새롭게 배우는 것이 좋았다. 모두 조금씩 달랐고 나름 재미있었다. 업무 기술을 배우기도 하고 사람 관계, 인생 공부도 했다. 한 곳에만 있었다면 배울 수 없는 것들이다. 각각 그 시기에 맞게 배우고 성장했다.

아쉬운 점은 치과에 십 년 이상 근무하면서 목표가 뚜렷이 없었다. 치과위생사는 진료실에서 근무하다가 경력이 쌓이면 상담 실장이라는 직책으로 올라갈 수 있다. 개인의 능력이다. 상담 실장은 치과에서 중요한 일을 수행한다. 나는 진료실 손에 익은 일이 편했다. 해 보지 않은 힘들고 어려운 일은 피하고 싶었다. 진료실 일이 내가 잘하는 부분이라 생각했고 만족하며 지냈다. 그러나 연차가 쌓이는데 나만의 무기가 없으니 무시당하는 느낌을 받을 때가 있었다. 언제든 대체될 수 있는 인력이다. 주어진 일을 성실히 하지만 누구나 할 수 있는 일이다. 남들이 어려워하는 일, 나만이 할 수 있는 독보적인 일을 하고 싶다. 지금까지 내가 해 온 치과 진료실에서의 업무들도 나만의 비결이나 서비스는 분명히 있다. 남이 할 수 없는 나만의 무기를 만드는 것이 중요하다. 치과위생사라는 직업을 이어간다면 상담실장이라는 목표를 가져볼 수 있다. 아니면 지금까지 해 온 치과위생사라는 직업 말고 다른 일을 해볼 수도 있다. 끊임없이 자기 계발하고 성장하고 싶다.

네 번째, 글 쓰는 삶이다.

나는 말을 조리 있게 잘하지 못한다. 글은 말보다 생각할 시간이 많고 지울 수도 있다. 다른 사람에게 도움 주는 사람이 되고 싶다. 내가 쓰는 글로 긍정적인 영향을 주고 싶다. 나로 인해 한 사람이라도 좋은 영향을 받는다면 그걸로 충분하다. 블로그에 자기 계발, 시간과 스트레스 관리, 자존감 등에 관한 글을 쓰고 사람들과 나누고 싶다. 매일 책 읽고 쓰는 삶을 사는 것이다. 내 글을 공유하며 도움이 필요한 사람을 돕고 싶다. 더불어 내 책을 내는 것이 목표다. 나를 드러내는 것 중 가장 효과적인 방법이 책 쓰기라 생각한다. 내가 깨달은 경험을 글로 적어 행복을 주고 싶다. 책 말고도 글을 쓰는 경로는 다양하다. 인스타그램에 사진과 함께 짧은 조언이나 명언으로 긍정적인 메시지를 전달할 수도 있다. 누군가를 돕고 그들이 기분 좋아질 때 나는 행복하다.

다섯 번째, 감사하는 삶이다.

감사 일기를 쓰는 것이다. 나의 하루는 누구도 기록해 주지 않는다. 일기 쓰듯 감정을 적어보고 반성도 해본다. 어제 내가 한 일, 말과 행동 중 잘못한 것은 없는지 생각해 본다. 새로운 결심을 한다. 그리고 내가 만난 사람, 사건들로부터 배운 것, 깨달은 것이 무엇이 있는지 써본다. 모두 배울 점이 있고 그 속에서도 감사를 찾을 수 있다. "감사하는 사람은 더 많이 받는다"라고 오프라 윈프리는 말한다. 일상 속 작은 것에도 감사하는 습관을 지니는 것은 매우 중요하다. 힘든 상황에서는 '그럼에도 불구하고' 감사한 것을 찾는다. 작은 기쁨이나 주변의 도움에도 감사한 마음을 갖는다. 감사 일기를 적지 않으면 모두 잊고 살아간다. 은혜를 받은 일에 대해서도 까맣게 잊어버린다. 누군가에게 받은 친절과 은혜는 갚아야 한다. 주변 사람들의 감사와 이해를 받으며 이를 표현할 때 더 큰 행복을 누릴 수 있다. 감사 일기 쓰기는 평생 가져가야 할 내 인생의 목표다.

여섯 번째, 인사하기다. 인사는 가장 기본적인 예절 중 하나다. 사소해 보이지만 인사 하나로 사람의 평가가 달라진다. 인사를 하지 않으면 무관심하거나 냉담한 이미지, 불친절하다는 인상을 준다. 웃으며 반갑게 하는 인사 하나로 분위기가 달라지고 신뢰를 얻을 수 있다. 인사하는 습관만 봐도 그 사람이 어떤 사람인지 알 수 있다. 그러니 이왕 하는 인사, 예의를 갖춰 제대로 하는 게 좋겠다. 차별하지 않고 어떤 상대든 존중하며 진심으로 하는 인사가 나의 태도를 보여준다. 오고 갈 때 두 번씩 인사를 진심으로 해준다면 '나를 귀하게 대접해 주는 고마운 사람'이라는 인상이 새겨질 것이다. 인사를 예쁘게 잘하는 사람이 되고 싶다.

나를 사랑하고 남을 사랑하는 일, 말은 참 쉽다. 모든 일에는 노력이 필요하듯 내 인생 목표를 위해서도 실천하는 습관을 들여야 한다. 성장의 첫걸음이기도 하다. 나를 소중히 여기고 가족과 행복하기, 자기계발하기, 글쓰기, 감사하며 살기, 그리고 인사 잘하기는 내 인생 목표다. 오늘도 글을 쓸 수 있음에 감사하며 인생 목표를 향해 나아가본다.

오늘도 웃으며
하이파이브!

●
황지영

나는 잘 웃는다. 웃을 듯 말 듯 입꼬리 살짝 올리며 생글생글 미소 짓는 것 그 이상이다. 목젖까지 다 보일 정도로 입 크게 벌리고 손뼉 치며 웃는다. 어떤 때는 내가 웃는 모습이 웃겨서 상대방도 따라 웃을 때가 있다. 감정을 표현하는데도 인색하지 않다. "우와~ 정말 멋져요. 대단해요."라는 말이 절로 나온다. 리액션이 풍부하다는 소리를 자주 듣는다. 잘 웃고 호응을 잘하는 덕분에 어색한 분위기를 누그러뜨리는 경우가 제법 있다. 처음 만나는 사람에게도 먼저 인사를 건네어 어색한 거리를 좁히려 한다.

신규 시절. 선배 교사들에게 도움 많이 받았다. 동료 교사들은 학교 업무뿐 아니라 생활 지도에 대해서도 아낌없이 조언 해주었다. 그중 가장 많이 들었던 말은 3월에 웃으면 안 된다는 것이었다. 학기 초 3월은 학생과 교사가 서로를 알아가는 시기다. 이때 규칙을 잘 세워놓아야 1년간 학급이 흐트러지지 않게 운영될 수 있다. 진지하지 않으면 반 분위기가 풀어져서 일 년 동안 힘들 수 있다. 그러니 교사는 웃는 대신 근엄한 모습을 보이는 것이 중요하다고 강조했다. 듣고 보니 맞는 말 같았다. 첫 단추부터 제대로 끼워야 나머지 단추도 잘 끼울 수 있다. 첫 만남에 신경 써야 했다. 처음부터 학급 기강을 잡아놓아야 아이들과도 무탈하게 한 해를 잘 보낼 수 있다.

긴 한숨이 나왔다. '웃지 말라고? 진지해야 한다고?' 평소 잘 웃고 상대방 말에 자동으로 리액션이 나오는 나로서는 걱정이 앞섰다. 화장실로 갔다. 교실에 들어가기 전 잠깐이라도 표정 연습이 필요했다.

"무표정을 유지해. 입술은 다물어."

혼잣말하며 거울 속 내 모습을 봤다. 꽤 근엄하게 보였다. 신규교사처럼 보이지 않았다. 어깨 펴고 두 주먹을 꽉 쥐었다. 수업 종이 울렸다. 출석부와 교무 수첩을 들고 교실로 향했다. 교실 문밖에까지 아이들 떠드는 소리가 들렸다. 심호흡 한 번 크게 하고 교실 앞문을 열었다. 순식간에 조용해졌다. 80개의 눈동자가 일제히 나를 바라봤다. 심장이 튀어나올 것 같았다. 긴장되고 떨렸다. 아이들이 눈치채지 못하게 등을 돌려 문을 닫았다. 허리 꼿꼿하게 펴고 입 꾹 다문 채 다섯 걸음을 옮겨 교탁 앞에 섰다. 40명의 남학생이 재빠르게 자리에 앉았다. 그리고 뚫어지게 나를 쳐다봤다.

"여러분 안녕하세요. 만나서 반갑습니다. 올해 여러분과 지내게 될 담임…"

"우와~ 여자 쌤이다. 대박!"

내 소개가 채 끝나기도 전에 아이들은 손뼉 치거나 책상 두드리며 소리 질렀다. 긴 숨을 내쉬며 가슴을 쓸어내리는 아이도 있고, 일어나서 폴짝폴짝 뛰는 아이도 있었다. 깜짝 놀라 눈이 휘둥그레졌다. 예상치 못한 반응에 당황했다. 무슨 일인지 궁금했다. 교탁 앞에 앉은 학생에게 물었다. 작년 학생부장 선생님이 담임이라 소문났는데 아니어서 그러는 거라 했다. 그 말에 웃음이 터졌다. 화장실에서 표정 연습까지 하고 왔는데 순간 깜빡했다. 선생님이 웃는다며 아이들이 따라 웃었다. 절대 웃으면 안 된다는 첫 만남에 아이들과 한바탕 크게 웃었다. 그 덕에 긴장이 풀렸다. 어색하게 다른 사람처럼 행동하느니 원래 내 모습으로 하자 생각했다.

신규 첫 해. 배움과 실수의 연속이었다. 업무 스킬 하나 늘 때마다 자신감이 생겼고 엔도르핀이 돌았다. 업무를 배우는 과정에 실수도 많이 했다. 그럴 때마다 잘할 수 있다고 되뇌었다. 첫 담임의 열정을 학생들에게 전했다. 수업 시간에는 하이파이브하며 학생들의 학습 의욕을 올리려 노력했다. 중간 기말고사 때마다 응원 메시지와 시험 응원 선물을 주었다. 상담할 때도 귀 기울이고 공감해 줬다. 수업 시간에도, 학생들에게도, 학교생활에서도 잘 웃고 반응 잘하는 평소 모습 그대로 했다.

교사 15년 차. 이제 안다. 3월 첫날, 웃어도 안 웃어도 결과가 달라지지 않는다는 것을. 그 해 1년이 즐겁고 시간이 빨리 지나간다면 아이들과의 합이 잘 맞은 것이다. 어떤 해는 유독 더 힘들 때가 있다. 그럴 때는 역으로 생각하며 시간이 지나가길 기다린다. 해 뜨기 전이 가장 어둡다. 내년에는 쨍하고 해 뜰 날 많을 것이라 여기며 힘낸다.

직장 생활을 하면서, 나이가 들어가면서, 결혼과 육아하면서, 사랑과 이별하면서, 도전과 좌절하면서, 실패와 성공하면서, 많은 사람과 부대끼면서 배우고 경험한다. 어떤 일이든 어떤 인간관계든 하나씩 얻는 게 있다. 말과 행동을 돌아보며 조금 더 현명하게 대처할 수 있는 삶의 태도와 지혜를 갖게 된다. 어떤 사람이 되어야 하는지, 어떻게 행동해야 좋은지 생각하게 된다.

자신의 감정에만 진심인 사람이 있다. 기분 좋으면 눈웃음까지 치며 친절하다가도 조금이라도 기분 나쁘면 오만상 얼굴 찡그린 채 툴툴거리는 사람. 온갖 불평불만을 쏟아내는 사람. 주위 사람들 지치게 하고 눈치 보게 한다. 감정이입 잘하고 남에게 싫은 소리 못하는 나 같은 사람은 그런 사람들과 함께 있으면 머리가 지끈거린다. 같은 공간에 있기 힘들다. 내 기분도 엉망이 된다. 어른이지만 어린아이 정신을 가진 사람은 부정의 기운을 발산한다. 어두운 것보다는 밝은 게 좋다. 징징대는 것보다는 환하게 웃는 게 좋다. 무표정보다는 눈 맞추고 인사하는 게 좋다. 나는 이런 사람이 되고 싶다. 긍정에너지를 가진 밝은 사람. 같이 있으면 행복한 사람이 되고 싶다.

집에서 아이들을 많이 안아준다. 두 팔을 벌리면 내게 안긴다.
"어쩜 이렇게 사랑스럽니. 너무 예뻐. 고마워. 사랑해."
아이들은 내 볼에 쪽 하고 입을 맞추며 사랑한다고 답해준다. 아낌없이 팍팍 사랑을 표현하면 아이들도 그 사랑을 받고 표현한다.

학교에서는 학생들과 수시로 하이파이브를 한다. 학습 의욕과 성취를 응원하기 위해 시작한 것이 이제는 나만의 수업 노하우가 되었다. 수업하면서 짝, 학생 발표에 짝, 과제 완성에 짝, 청소하며 짝, 상담하며 짝, 복도에서 짝. 처음은 낯설어한다. 하이파이브하기 위해 손을 내밀면 학생들은 손 내미는 시늉만 하거나 손가락으로 살짝 내 손바닥을 건드리기만 한다. 점차 시간이 지나면 너도나도 웃으며 적극적으로 한다. 복도에서 지나가다 마주치거나 나를 발견하면 학생들은 손을 높이 들고 다가온다.

가족들에게도 사랑한다고 고맙다고 자주 표현한다. 지인들에게도 감사함을 전한다. 마음을 표현하면 상대방도 자연스레 반응한다. 작은 마음들이 켜켜이 쌓이면 고마움이 되고 행복이 된다.

빛이 주위를 환하게 비추듯 긍정에너지를 나눠주는 사람이 되고 싶다. 가까이 있으면 절로 웃음이 나고 행복해지는 사람이 되고 싶다. 웃으면 복이 온다고 했다. 복 많이 받아 복 많이 나눠주고 싶다. 오늘도 손뼉 치며 환하게 웃는다. 손 높이 들어 손바닥 마주칠 준비를 한다. 오늘도 웃으며 하이파이브!

진정한 독립을
꿈꾸다

●
황현정

    6세 아들, 3세 딸, 1세 딸. 이렇게 세 아이를 키우고 있다. 여전히 초보 엄마를 벗어나지 못한다. 영유아를 세 번 경험했지만, 6세 아들은 처음이었다. 4세 딸 또한 아들 육아와 달라 새로운 경험의 연속이었다. 하루하루가 새롭고 아이들에 대한 고민은 끝이 없다. 출산 전에는 조산을 염려하다가, 출산 후엔 어떻게 하면 모유를 더 먹일 수 있을까를 고민한다. 그뿐인가, 모유는 어떻게 끊을 수 있는지. 밥 안 먹으면 어떻게 밥을 더 먹일까. 채소 안 먹으면 채소를 갈아서 넣어볼까. 밤에 잠은 왜 자주 깰까. 왜 물을 자꾸 엎지르는지. 새로운 물컵을 찾아볼까. 감기는 왜 자주 걸리는지. 면역력을 높이려면 무엇을 해주어야 할까. 어린이집은 잘 다닐 수 있을까. 유치원에서 친구들과는 잘 지내는지. 속상한 일은 없었는지. 즐겁게 하루 보내고 왔을까. 아이들이 자람에 따라 생각할 거리는 무한대였다.

    결혼 생활도 마찬가지이다. 서로에 대해 알아가고 맞춰간다. 아이들이 태어날 때마다 육아 환경에도 적응해야 했고, 이에 따른 신랑, 시댁

도대체 뭐가 잘못된 거지?

과의 관계도 새롭게 형성되었다. 영원히 익숙하고 편하지는 않을 것 같은 느낌이다. 조금씩 나아지고 있다는 사실에 위안 삼는다. 있는 그대로를 인정하고 받아들이기엔 나의 그릇이 작다는 것을 느낀다. 내공을 더 키워야겠다.

학창 시절, 직장 생활, 결혼까지 오직 나의 삶에 집중했다. 단계마다 잘 해결해 왔다. 마음먹은 대로 잘해 나갈 수 있다고 생각했다. 나의 의견을 믿고 지지해 주시는 부모님이 있었기에, 나의 결정이 대부분 옳다고 느꼈다. 큰 어려움을 경험하지 않았고, 나름 살 만한 인생이라고 여겼다.

육아 7년 차. 결혼 9년 차. 인생 42년 차.

지금도 친정 부모님의 도움을 받고 있다. 성인이 되고 나서도, 결혼 이후에도 부모님의 그늘을 완전히 벗어나지 못한다. 아이들을 세 명 키우고 있지만, 부모님이 안 계셨다면 세 아이는 꿈도 꿀 수 없었다. 가까이에 부모님이 살고 계신다. 힘들거나 어려울 때 부탁을 드리면 대부분 빠르게 해결해 주신다. 부모님도 연세가 있고, 기력이 예전 같지 않으시다. 그러나 여전히 내 마음속 슈퍼맨, 원더우먼이시다.

결혼하고 아이들을 키우며, 부모님의 사랑과 헌신이 대단함을 새삼 느낀다. 어릴 때는 부모님께서 이렇게 해주시면 좋겠다는 생각이 들 때도 있었다. 부모가 되어 살아보니 우리 부모님처럼 살아가기도 어렵다는 것을 안다. 자녀들의 뜻을 존중해 주시고, 스스로 해 나갈 수 있도록 기다려 주신다. 아낌없는 지원뿐만 아니라 힘들 때 항상 손잡아 주시는 부모님. 나는 과연 아이들에게 부모님처럼 해줄 수 있을지 우려된다. 무한 사랑을 줄 수 있도록 노력해 볼 뿐이다. 사랑받은 사람이 사랑을 줄 수 있는 것처럼.

　대학을 다니고 사회생활을 하며 사람들을 만나고 다양한 경험을 해 왔다. 각자의 기준이 다르겠지만, 무엇을 하고자 결심했을 때 할 수 있는 일이 더 많았다. 새로운 지역에 가고, 새로운 사람들을 만났다. 신나게 놀기도 했고, 주변 사람들에게 베풀기도 했다. 같은 생각, 다른 생각을 하는 사람들과 대화했다. 여러 직업의 사람들, 다른 연령층의 사람들과도 어울렸다. 사회복지를 전공하고 관련 일을 하면서, 나름대로 세상에 필요한 사람이라고 생각했다. 사회복지 일 이외에도 몇몇 직업을 거쳤다. 작게나마 나의 노력이 세상을 변화시키는 데 긍정적인 영향을 줄 것이라고 여겼다. 그러면서 세상이 살 만한 곳이라며 스스로 뿌듯해했다.

　출산 이후 집에서 아이를 키우며, 내가 젊은 시절 누렸던 모든 것들이 나만의 노력만은 아님을 크게 깨달았다. 그땐 그걸 몰랐다. 세상이나 사람들, 지인들, 부모님께 감사한 마음을 가지고는 있었다. 아이를 키우다 보니 그 마음은 몇 곱절이나 크게 다가왔다. 부모님이 지원해 주신 것들을 너무 쉽게 누리고 살았다. 8살, 10살 터울의 언니, 오빠의 보살핌도 당당하게 누려왔다. 직장 동료들의 배려와 독서 모임 회원들의 친절이 당연한 것이 아니었다. 감사한 일들을 충분히 감사하지 않아, 지금 이렇게 고생하고 있는 건가 하는 생각까지 들었다.

　결혼과 육아도 내 뜻대로, 마음만 먹으면 잘할 줄 알았다. 얼마 살지 않았지만, 세상을 다 경험한 듯 교만함이 나에게 있었나 보다. 알고 있던 것들이 전부가 아님을 알게 되었다. 사회복지를 공부하고 알아가면서, 사람에 대한 이해를 높였고 사회에 대한 긍정의 믿음도 있었다. 그러나 현실은 자본주의 속에서 흘러가고 있었다. 돈으로 인해 생긴 불편함이 사람에 대한 원망으로까지 번졌다. 경제에 대한 이해 부족으로, 가정 하나 지키기도 쉽지 않겠다고 느꼈다. 다양한 방식으로 부모님의 지원까지 받게 되었다. 어릴 때는 언니, 오빠에게 용돈을 빌려주기도 했었고, 커서도 경제적으로 생활이 불편하지는 않았다. 검소한 부모님을 보고 자라 낭비하며 살지도 않았다. 허나, 돈을 모으고 자산을 늘리는 것에 대해서는 문외한이었다. 직장에서 예산을 관리했으나, 그것도 주어진 예산 내에서 집행해 나갔다. 무에서 유를 창조하고 돈을 늘리는 방법은 알지 못했다.

돈 공부, 경제 공부의 필요성을 절감했다. 책임져야 할 세 아이가 있고, 그동안 받은 감사를 전할 부모님, 가족들, 지인들 많은 사람이 떠오른다. 실행과 도전으로 성과를 이루어 진정한 경제적 독립을 이루고 싶다. 지금부터 하나씩 목표를 이루어 가다 보면 몇 년 내에는 성과가 나타나지 않을까. 인생은 속도전이라고 한다. 하루를 알차게 보내고, 일주일을 알차게 보내어 성공의 시점을 앞당기고 싶다. 빠르게 부자 되는 법은 잘 모르나, 꾸준히 하다 보면 그게 결국은 목표에 가장 빠르게 도달하는 법이다. 부모님이 건강하게 오래오래 함께해 주시길 바란다. 막내딸의 멋진 모습을 보여드리고 싶다. 너무 늦지 않도록 말이다.

4장

목표!
이렇게 세우면 성공한다

뿌리 깊은 나무는
바람에 아니 뮐세

●

강문순

    친정엄마랑 시어머님을 모시고 시누와 함께 홍콩을 다녀왔다. 두 분 건강할 때 행복한 추억을 만들고 싶었다. 두 어머님을 함께 모시는 여행이라 준비할 때부터 즐거웠다. 기대 이상으로 행복했다.

    홍콩 소호 거리에 사람들이 무척 많았다. 두리번거릴 틈도 없었다. 함께 온 일행을 쫓아가기가 쉽지 않았다. 그래도 남는 건 사진뿐이라 계속 카메라 셔터를 눌렀다. 높은 빌딩과 비싸기로 유명한 고층 아파트가 제일 먼저 눈에 들어왔다. 빨래를 베란다에 주렁주렁 널어 놓은 오래된 아파트도 보였다. 주황빛 간접 조명이 고급지게 빛나는 현대식 아파트와 어우러져 독특한 도시의 매력을 발산했다.

    홍콩 야경이 왜 유명한지 그 이유를 알았다. '심포니 오브 라이트' 때문이다. 10분 동안 46개의 건물이 수많은 조명과 레이저를 쏘아 강 건너 LED 스크린을 장식하는 대단한 볼거리였다. 빌딩들이 연주하는 빛의 하모니였다. 이것을 보려고 세계 수많은 사람이 모여들었다. 야무진 누군가의 아이디어가 홍콩을 최고의 관광도시로 만들었다.

"거참 볼만하다!"

다리 아파 지쳐있던 두 어머님의 표정이 밝아졌다.

홍콩에 고층 아파트와 빌딩이 많은 이유는 땅 면적에 비해 인구밀도가 높기 때문에 주거 문제를 해결하기 위한 방법이다. 우리나라처럼 아파트나 백화점이 무너졌다는 소식을 들어본 적 없다.

1994년 10월 성수대교가 무너졌다. 이 사고로 달리던 승합차와 승용차가 다리 밑으로 떨어지고 많은 사람이 사망했다. 어떻게 멀쩡했던 다리가 하루아침에 붕괴할 수 있을까. 온 국민의 충격이 채 가시기도 전에 삼풍백화점이 폭삭 내려앉았다. 첫아이를 낳고 한창 산후조리 중이던 1995년 6월 29일 저녁 6시쯤, 방배동 우리 집이 흔들릴 정도로 수많은 헬리콥터가 날아다녔다. 119구급대 사이렌 소리가 끊이질 않았다. 큰일이 일어난 것을 직감했다. 잠시 후 뉴스 속보가 떴다. 믿을 수 없는 상황이 생중계되었다.

백화점 붕괴 이유는 불법적인 용도변경이었다. 무리하게 내부 구조를 임의 변경하여 기둥까지 줄이는 바람에 밑바닥까지 순식간에 폭삭 무너지고 말았다. 천 명이 넘는 종업원과 고객들이 죽거나 다쳤다. 이 모든 사고는 기초를 튼튼하게 하지 않은 까닭이다.

버스를 타고 창밖을 내다보는데 내 눈에 크게 들어온 나무뿌리가 있었다. 넓고 깊게 박힌 나무의 뿌리가 돌출되어 있었다. 그 나무가 서 있는 위치가 간당간당해 보이지만 뿌리가 튼튼해서 태풍이 자주 와도 끄떡없어 보였다. 나무의 뿌리를 보니 모소 대나무가 생각났다. 모소 대나무는 뿌리를 깊이 내리는 식물로 유명하다. 일반적으로 약 4년간 뿌리를 내리는데 4년 동안 하는 일이라고는 고작 땅 위에 조그마한 죽순만 남겨놓고 오로지 뿌리만 줄기차게 내린다. 모르는 사람이 볼 땐 참 답답할 노릇이다. 그러나 뿌리내리기가 끝나면 대나무는 급속도로 성장한다. 하루에 무려 30cm 이상씩 자라기 시작해 6주 만에 15미터 이상 높이가 되어 빽빽하게 숲을 이룰 정도가 된다. 4년 동안 땅속에 내려진 단단한 뿌리는 어떠한 비바람에도 꺾이지 않는 힘을 발휘한다.

높은 아파트와 나무뿌리를 보며 생각했다. 내가 이루고 싶은 선명한 꿈과 목표를 위해 나는 무엇을 해야 할까?

첫째, 기초공사를 튼튼하게 해야 한다.

강사로서 기초공사는 강사의 기본인 '강의력'이다. 이것은 단순히 가르치는 능력만이 아닌 교육생과의 교감, 소통 능력, 강사의 유연성과 전문성이 결합되어 나오는 힘이다. 이 힘은 타고난 것이 아니라 노력과 연습으로 향상할 수 있는 능력이다.

둘째, 다양한 경험을 해야 한다.

강사에게 다양한 경험은 매우 중요하다. 그 경험을 통해 어떠한 상황에도 대처할 수 있는 능력이 생긴다. 경험으로 강습자들의 입장을 이해하고 그들의 관점에서 문제를 바라볼 수 있는 시각이 생긴다. 무엇보다 경험에서 우러나오는 지혜는 다른 강사들과의 차별성을 갖는다.

셋째, 충분한 뿌리가 내릴 수 있는 시간을 가져야 한다.

강사 생활을 시작하면서 잘나가는 강사들과 비교하며 의기소침해진 적 있다. 모든 것이 준비되지 않았는데도 말이다. 모소 대나무가 뿌리를 내리는 기간이 지나면 폭풍 성장하듯이 나도 나의 역량이 제대로 발휘되려면 시간이 필요하다. 자꾸 남들과 비교하며 조급해할 필요가 없다.

기본이 충실한 목표는 홍콩의 고층 빌딩처럼 강한 태풍이 불어와도 무너지지 않는다. 땅을 뚫고 민낯을 드러내도 오히려 더 멋진 고목의 뿌리처럼 흔들림이 없을 것이다. 성공적으로 목표를 향해 돌진할 수 있는 자본이다. 성공 비결이다. 학교 다닐 때 국어 교과서에 나온 용비어천가의 한 구절이 생각났다.

'뿌리 깊은 나무는 바람에 아니 뮐세.' 이미 배웠던 성공 비결을 나는 홍콩 여행 중 다시 깨달았다. 마음 판에 새기고 싶은 구절을 옮기며 이 글을 마친다.

> 불휘·기픈·남근·ᄇᆞᄅᆞ매·아·니:뮐·씨。곶됴·코·여름·하·ᄂᆞ니
> (뿌리 깊은 나무는 바람에 아니 흔들리므로, 꽃 좋고 열매 많으니)
> :시미기·픈·므·른·ᄀᆞ무·래아·니그·츨씨。:내·히이·러바·ᄅᆞ래·가·ᄂᆞ니
> (샘이 깊은 물은 가뭄에 아니 그치므로, 내[川]가 되어 바다에 가나니.)

마음이다

김정민

　오늘 목표는 다 못 이룰 것 같다. 괜찮다. 다음 목표로 정하면 되니까. 거의 다 쓴 원고가 날아갔다. 그래도 내야 한다. 밤이니까 내일 2시간 동안 최대한 복구해 보고. 지금도 아쉽다. 울고 싶었다. 이건 기한이 정해져 있는 것인데 날렸기 때문이다. 오늘 10시부터 세 번째 꼭지까지 써놓았는데 날렸으니 수정할 때 제대로 해야지. 지금도 1시간 정도만 딱 시간이 있다. 1시간 동안 딱 세 가지만 얘기하려 했다. 목표 달성에 실패한 것은 탈탈 털어버리고 다음 목표를 준비해야 한다. 수정해서 잘하기로 한 것처럼. 이번에는 오래 끌 수 없다. 이번에도 딱 일주일 주어진다. 일주일 동안 얼마나 복구할 수 있을까 그런 것은 생각하지 않는다.

　그보다 좋은 소식이 있다. 엄마랑 아빠가 오늘 대학원을 알아보고 왔단다. 근데 내가 영어가 약해서 좀 걱정이긴 하다. 내 영어는 초등학교 3학년 영어를 제대로 읽고 해석하지도 못하는데 시험을 봐야 한다니. 나머지 과목은 최선을 다해 봐야지. 떨어지지 않으려나 생각하지 않기로 했다. 이제 대학원에 가야 한다. 못 간다. 생각하면 못 갈 이유 투성이다. 내가 가기로 한 대학원이 세다고 들었다. 영어 시험을 본다. 그런데 나는 영어가 초등학생만큼도 안 된다. 한 달 남은 상황이다. 그렇다면 못 가는 이유가 될 만한가? 아니다. 갈 수 있다. 갈 수밖에 없다. 가야 하는 이유도 정리해 본다.

아빠는 수원이나 오산 등 가까운 곳까지만 데려다줄 수 있다. 여기에서 40분이지만 제일 가깝다. 이왕이면 좋은 데 보내고 싶은 마음일까? 가야 한다. 못 간다면 마땅치 않다. 아빠는 루터대도 생각한다. 하지만 가야 한다. 못 간다고 생각하지 않기로 했다. 못 간다고 생각하지 않고 기도하는 마음으로 준비하며 기다려야 한다. 못 간다고 하더라도 준비하며 도전한다. 대학원 꼭 가야 한다. 대학원을 가야 목사님이 될 수 있기 때문이다. 이유가 분명하다. 오늘도 이 마음으로 쓰고 있다. 할 수 있을까 고민하기보다 할 수 있다고 하기로 했다. 아침엔 성경 쓰기 후 시험 문제를 열었다. '간다'가 '가게 된다면'으로 생각이 발전하니 고민이 된다. 글도 써야 하고 일도 하고 있기에. 다 놓을 수 없기에. 그러니 생각해 본다. 방법이 있었다. 문제라고 생각하면 방법이 떠오르지 않는다는 걸 배웠다. 더는 고민하지 말아야지. 고민하는 대신 준비하는 사람에게 이루어진다고 믿고 기도로 간다.

"엄마, 기도하는 마음으로 갈게."

결국 마음이다. 목표를 잡고 흔들리지 않는 방법을 정리해 본다. 설정할 때 기도하는 마음으로. 실패했다고 좌절하지 않고 목표를 설정할 수 있는 마음. 이루어진다는 마음으로.

한 가지 더 말하면 목표를 잡을 때 '함께'를 생각할 수 있다면 좋겠다. 동생에게 앞에 대화에 이어서 질문해 보았다. 간호사가 되고 싶다고 했단다. 무엇을 할 것인지에 대해서는 대답이 없었다. 간호사가 되어 엄마를 도와준다거나 아픈 사람이 없도록 했으면 좋겠다. 이런 식으로 할 일이 있으면 좋을 것 같다고 생각했다. 간호사가 되고 싶다고 하니 다행이지만 어떤 사람이 되고 싶다고까지 있었으면 좋겠다.

지금을 생각하기로 한다. 목표가 있는 것은 좋다. 그러나 지금을 전제하지 않는 목표는 의미가 없다는 사실을 깨달아 가고 있다. 주변에서 아무리 흔들어도 내가 하면 된다고 배웠다. 목표 여부에 따라 다름을 경험하고 있다. 글쓰기를 배우지 않고 살고 있었다면 이런 생각을 할 수 있었을까. 작가가 되고 목표가 커졌다고 고백한다. 단순하게 생각하지 않는다. 지금은 보내도 목표를 향해 가고 있다. 장애를 가졌다고 못한다고 말하지 않으려 한다. 목표가 있기에 나아간다. 하기 싫은 마음이 들어도 하면 되는 거니까. 안 멈출 것처럼 하다가 하지 않고 있는 일이 있다. 지금은 내가 먼저다. 해야 해서 하거나 기분 좋은 날만 하는 사람이 아니라 그냥 하는 사람이고, 다시 만들기 위해 다시 가는 사람이다. 시처럼 글이 삶인 그곳에서 작가로서 흔들리지 않고 간다. 흔들린다고 해도 함께 가기에, 목표가 있기에 지금 여기 멈췄다가 돌아와 쓰고 있다. 시인이자 작가인 나는 쓴다. 대학원 가도 멈추지 않겠다는 목표가 있어야 한다. 꿈도 목표도 조금이나마 도움이 되었으면 한다. 앞으로도 나는 계속 나아간다. 시인도 작가도 놓지 않는다.

도대체 뭐가 잘못된 거지?

딱 하루만 걷자

●
박명찬

꿈을 향해 나아가는 데 비전 보드만 한 것도 없다. 하루하루 살다 보면 눈에 보이지 않는 꿈은 일상 속으로 사라진다. 눈앞에 닥친 일을 처리하다 보면 하루가 저문다. 목표는 이룰 수 없는 수많은 핑계에 묻혀 버린다. 나는 침대 맞은편에 알록달록 비전 보드를 붙여 놓았다. 남편은 속 시끄럽게 얼룩덜룩 붙여둔다고 투덜거린다. 내가 잘살아 보겠다는데 좀 봐주라 하고 지금까지 잘 붙여놓았다. 『보물 지도』를 읽고 처음 비전 보드를 만들었다. 매년 업그레이드한다. 컬러 인쇄하여 다이어리 맨 첫 장에 붙여놓고 안방 벽에도 붙여 둔다.

눈에 잘 띄는 곳에 붙여 두니 여러 가지 좋은 점들이 있다. 가족들이 오가며 나를 자극하는 말을 툭 툭 던진다. "엄마, 여행 작가도 될 거야? 정말?" 웃기지도 않는다는 듯 지나가며 건네는 말이다. 가슴이 찌릿해진다. 그래 영어 공부도 더 열심히 하고 글도 계속 써야겠다. 여행 갈 때마다 블로그 글 남기는 것 잊지 말아야지 정신이 번쩍 든다. "당신 힐링센타 만들려면 부지런히 돈 벌고 땅도 보러 다니고 정원 가꾸는 것도 좀 연습해야 할 텐데." 놀리듯이 얘기한다. 맞다. 남편이 비웃듯이 얘기할 때마다 상상의 나래를 편다. 삼 면이 유리인 카페 같은 힐링 센터에서 사람들이 모여 책 읽고 독서 토론한다. 다이어리도 함께 작성하며 이야기꽃이 피었다.

아들은 학교 동아리 활동을 하는 데, 올해 목표를 정하는 프로그램을 하기로 했단다. 나의 비전 보드를 별것 아닌 것처럼 얘기하던 아들이 진지하게 부탁한다. "엄마 이거 가져가서 애들 활동할 때 보여 주면 안될까?" 한다. 커피 한잔 사 주면 주겠다 했더니, 신나 하며 가져갔다. 가족 카톡방에 사진이 올라왔다. 젊은 애들이 큰 탁자에 옹기종기 모여 앉아 있다. 잡지 속 사진을 오리고 붙이며 도화지를 채우고 있었다. 사진을 확대해 보니 탁자 한가운데 낯익은 나의 비전 보드가 눈에 들어왔다. 아들은 문자를 보내왔다.

"엄마, 대박이야. 애들이 엄청나게 좋아해."

엄마 사인 받아 놓고 싶어 한다고 웃는다. 전화기 너머로 어깨가 한 끗 올라간 아들의 목소리가 들렸다.

블로그에 50대의 가슴 뛰는 비전 보드라는 제목으로 포스팅을 올린 적이 있다. 많은 이웃이 방문했다. 글을 퍼가고 댓글도 남기며 응원해 주었다. 양식을 DM으로 요청하는 분들에게 공유하기도 했다. 이 포스팅을 가끔 열어보며 자신을 돌아보게 된다. 세상에 공표한 목표인 만큼 잘하고 있나 책임감이 느껴진다.

꿈을 이뤄가는 오늘을 살고 싶다. 일에 밀려 뒷전이 된다면 비전 보드를 만드는 것도 하나의 방법이다. 어렵고 먼 미래의 꿈일지라도 아침 저녁 마주하다 보면 꿈을 향해 매일 말하고 행동하고 걸어가는 나를 만나게 된다. 우리 인생은 매일 보고 듣고 생각하는 대로 살아가게 된다. 그것이 나의 하루가 되고 내가 되고 내 인생이 된다. 이왕이면 가슴 벌떡이는 것이었으면 좋겠다. 보기만 해도 가슴 설레고, 다시 몸을 일으켜 세워 오늘 한 걸음을 걷게 하는 것이면 좋겠다.

나는 기한 내 바로 이뤄내야 할 목표가 있다면 원씽 노트를 만든다. 『원씽』을 읽고 생각한 아이디어다. 전자책을 열흘 만에 완성할 수 있었던 것도 원씽 노트 덕을 보았다. 노트 표지에 2023년 1월 다이어리 테라피 전자책 출간이라고 제목을 크게 적었다. 첫 장에 긍정 확언을 기록했다. '나는 2023년 1월 전자책을 출간했다.' 볼 때마다 큰 소리로 외쳤다. 다음 장에는 완성을 위한 단계별 목표 기한을 정했다. 제목과 목차부터 퇴고 완성 등록 단계로 날짜를 기록했다. 아이디어가 떠오르거나 정보를 얻을 때마다 소제목별로 페이지를 구분하여 기록했다. 원씽 노트 한 권에 출간을 위한 모든 과정이 들어갔다. 등록이 완료될 때까지 노트를 끼고 다녔다. 날짜보다 모든 것이 빨리 진행되었다. 집중력을 높여준 원씽 노트 덕분이었다. 마침내 크몽에 승인받았다. 내 이름으로 된 책이 인터넷에서 판매되고 있다는 사실이 가슴 뿌듯했다.

늘 바쁘기만 했다. 어느 것 하나 열정을 보이지 못한 채 그저 하루를 보낼 때가 있었다. 여러 가지 일을 동시에 하다 정작 중요한 것을 놓첬다. 에너지만 낭비했다. 지금 내게 중요한, 단 하나에 집중하기는 점점 더 많은 것을 이루게 한다.

아이들과 스카이 트레일 체험장을 다녀온 적이 있다. 4층 높이에 118개나 되는 코스가 거미줄처럼 엮여 있었다. 아이들은 딱 보고는 지레 겁을 먹었다. 몇 명은 아예 시도도 하지 않고 건너편에 있는 국궁과 VR 체험장으로 이동했다. 남아있는 학생들은 긴장한 얼굴이지만 재밌겠다는 표정이었다. 체험장에 들어서니 꼭대기까지 가는 길이 까마득해 보였다. 코스도 만만찮았다. 저렇게 높은데 무서워서 과연 끝까지 가겠느냐? 언제 도착하겠느냐? 아이들의 걱정이 이만저만 아니었다. 나는 아이들에게 큰 소리로 얘기했다. "애들아, 우리 딱 한 코스씩만 가 보자." 우리는 정말 딱 한 코스씩만 보고 갔다. 그렇게 가다 보니 2층을 통과하고 3층을 지났다. 아이들은 어느덧 코스를 즐기고 집라인에 몸을 맡기기까지 했다. 4층에서 보이는 주변 마을은 한눈에 들어왔다. 경치를 보며 땀을 식히기도 했다. 마지막 번지점프까지 아이들은 모든 코스를 통과하고 스카이 트레일 정복 인증을 받았다. 처음부터 꼭대기만 바라봤다면 즐기지도, 끝까지 가지도 못했을 것이다. 아이들은 딱 한 코스에만 집중했다. 한 코스씩 가다 보니 마지막까지 갈 수 있었다. 우리가 도착점을 향해 갈 때 코스를 나누어 지금 여기서 할 수 있는 작은 일에 집중하여 실천하는 것이 중요하다. 아이들도 그것을 배웠을 것이다.

아이들이 스카이 트레일을 정복할 수 있었던 것은 딱 한 코스씩만 가보자 했기 때문이다. 친구가 스페인 산티아고 순례길을 갔을 때 며칠 못 걷고 발에 물집이 생기고 팔다리가 퉁퉁 부었다. 더 이상 걸을 수 없을 것 같았다. 800㎞를 어떻게 걷겠는가 불평했다. 매일 포기하고 싶었다. 그런데 '딱 하루만 걷자'라고 마음을 고쳐먹었다. 매일 아침 '오늘 딱 하루만 걷자' 하고 길을 나섰다. 그러고 나니 길 위에 친구도 사귀고 자연도 즐기며 길을 갈 수 있었다. 한 달 이상이 걸렸지만, 친구는 마침내 순례길을 무사히 다녀왔다. 아직도 그때 배운 인생 교훈이 평생 자신을 지켜준다고 이야기하고 있다.

누군가에겐 오늘 한 걸음 걷는 일이 별것 아닌 일이다. 하지만 막 재활치료 마치고 병원 문을 나서는 누군가의 한 걸음은 엄청난 일이다. 남과 비교하지 않고 내 삶의 작은 실천을 목표하며 걸어가야겠다. 때로 넘어지고 다시 일어서면서 나만의 노하우와 근육이 생길 것이다. 목표가 있는 인생은 설렌다. 딱 하루만 걷자.

길은
내가 만들면 된다.

●
백영숙

2013년 본사에서 감사님이 내려왔다. 감사님은 대표님의 형님이었다. 대표님은 사정이 있어서 회사에 부재중이었다. "백사장, 회사 맡아서 한번 해보세요"라고 말했다. 영업만 해봤지 경영을 해 본 적이 없었다. 그때 회사가 힘들었던 상황이었다. 동료가 회사를 그만두고 같은 업종의 회사를 차렸을 때였다. 매번 밤마다 회사와 동료 흉을 같이 봤는데 언제 이런 일들을 기획했을까? 사람 마음은 알 수가 없었다. 영업 잘하는 사업자와 고객을 다 데려갔다. 본사 매출 절반 이상이 줄어들었다. 회사에는 내가 관리하고 있는 사업자와 일부 고객들만 남았다. 평소 회사에 입바른 소리를 많이 했다. 그래서 감사님과 사이가 좋지 않았다. 그럼에도 나를 찾아온 이유는 9년 동안 꾸준히 제품을 구매한 고객과 사업자들 때문인 거 같다. 난 회사 인수 받을 형편이 안 되었다. 경기도 성남에 물류창고도 있었다. 감사님은 인수 조건은 없다고 한다. 회사만 인수 받아서 고객들 잘 관리해서 회사를 정상화 시켜 보라고 했다. 재고가 많다는 것도 강조하였다.

도대체 뭐가 잘못된 거지?

쉬운 방법 없나? 주위 사람들에게 자문을 구했다. 어려운 형편을 잘 알기에 모두 말렸다. 왜 힘든 길을 가느냐고 한다. 내 나이 쉰 살이 넘었다. 마땅히 해야 할 일이 없을 거 같다. 다시 보험회사에 들어갈 수도 없다. 그들의 말은 참고만 했다. '길은 내가 가서 만들면 된다'라는 슬로건이 생각났다. 한 번 더 자신을 믿었다. 본사에 전화를 걸었다. 인수 받겠다고 했다. 재고가 2억 넘게 남았으니 미 정산된 영업사원들 급여 및 퇴직금은 제품을 팔아서 정산하면 되겠다고 생각했다. 막상 인수를 받고 보니 밀린 부가세로 인해서 통장이 압류되어 있었다. 해결할 방법이 없었다. 서울 강남세무서에 가서 담당자를 만났다. 부가세 일부를 현금으로 갚고, 남은 금액은 할부로 돌렸다. 압류된 통장이 해제되었다. 얼마 지나지 않아 미국 제조사에 제품 주문할 때가 되었다. 돈이 없었다. 친구 선옥이에게 도움을 요청했다. 위기를 모면할 수 있었다. 친구는 아무것도 가진 것 없는 내게 오로지 이름 석 자를 믿고 4,000만 원이라는 큰돈을 빌려줬다. 고마운 은인이다.

하나씩 정리하기로 했다. 서울 강남에 있는 본사 사무실을 대구로 이전했다. 성남에 있는 물류 창고도 처분했다. 사무실이 복잡했지만 공간을 마련하고 제품도 옮겼다. 내 급여 또한 영업 이사로 있을 때보다 낮게 책정되었다. 경리 한 명만 두고 일을 시작했다. 또 새로운 도전이 시작되었다.

상처가 용기를 주었다. 9년 가까이 제품 좋다고 홍보하고 다녔던 동료가 경쟁회사에서 제품 성분이 가짜라고 비방하고 다녔다. 회사 홈페이지 자료도 우리 내용과 똑같다. 어이가 없었다. 함께 일했던 동료였기에 싸우고 싶지 않았다. 떠났던 사업자도 아는 사람인데 어떻게 대처해야 좋을지 방법이 떠오르지 않았다. 한숨만 나왔다. 일이 손에 잡히지 않았다. 그렇게 며칠이 지났다. 막무가내로 전화번호부를 뒤졌다. 특허 법률사무소에 전화를 걸었다. 상품 등록을 어떻게 하면 되는지 물었다. 내가 할 수 있는 최선의 방법이라 생각했다. 사무실에서 가까운 곳에 있는 법률사무소를 찾았다. 사무장이 안내해 주는 말을 이해하지 못했다. 답답했다. 덕분에 법률사무실을 뻔질나게 들락거렸다. 하나를 준비해 가면 또 다른 서류가 빠졌다. '한 번에 다 안내해 주지.' 혼자 말을 중얼거렸다. 그렇게 3개월이 지난 후 2014년 상표등록 다섯 개가 출원되었다. 홈페이지 및 자료에 관한 저작권 여섯 개도 등록했다.

무식하면 용감하다. 말로 백날 싸우면 뭣하나 결과로 말하자. 또 해결할 일이 남았다. 영어 들을 줄도 말할 줄도 모른다. 미국 출장 계획을 잡았다. 가짜라는 우리 제품과 상대 회사 제품 성분 검사를 의뢰하기 위해서다. 2013년 11월, 7박 8일 일정으로 미국 출장을 다녀왔다. 뉴저지에 있는 제조회사부터 방문했다. 담당자를 만났다. 회사 제품이 어떻게 나오는지 공정 과정을 견학했다. 뉴저지에 사는 헬렌 박사님도 만났다. 박사님은 식품 다단계 할 때 미국 본사에 있었던 면 의학 박사님이다. 지금은 우리 회사 고문으로 있다. 제품과 연관 있는 칼럼을 써줄 것을 부탁했다. 그때부터 21년까지 매월 홈페이지에 칼럼이 기재되었다. 마지막 일정이 남았다. 오하이오주에 위치한 원료 공급 회사에 성분 검사가 남았다. 뉴저지에서 오하이오주까지 자동차로 10시간 정도 소요된다고 했다. 필라델피아에서 하룻밤을 묵었다. 달리는 고속도로 옆에는 끝없이 펼쳐진 목장과 나선 풍경이 보였다. 눈에 들어오지 않았다. 동행 했던 강성희 고객은 얼마나 지루했을까? 출장 간다고 했더니 동행 해준 고마운 분이다. 같은 곳을 가는데도 출장과 여행이라는 다른 생각을 가졌다. 고객은 들떠 있었다. 내 머릿속에는 온통 제품 생각뿐이었다. 그때를 생각하면 지금도 미안하다.

'간절함은 이루어진다.' 사업자와 고객이 떠났기에 회사 매출이 많이 떨어졌다. 새로운 목표가 생겼다.

첫째, 회사를 활성화 시키는 것이다.

둘째, 사업자와 고객들에게 회사 소속감과 자부심을 심어 주고 싶었다.

출근하면 먼저 사업자와 고객들에게 전화 통화로 하루를 시작했다. 신규고객은 제품 구매 후 3일부터 리뷰하면서 관심을 가졌다. 회사를 떠난 사업자들과 제품을 중단한 고객들에게 꾸준하게 안부 전화를 했다. 명절에는 작은 선물도 보냈다. 진실과 거짓이 바뀌는 것도 한순간이었다. 한 달 뒤 미국에서 성분 분석 결과 메일이 왔다.

일 년이 지났다. 떠났던 사업자와 고객이 한 명씩 연락이 오기 시작했다. 떨어졌던 매출도 늘어났다. 어느덧 10년이 흘렀다. 특별한 사람이 있다. 회사가 어려웠을 때 변함없이 함께한 마산 임정순, 순천 조명자 매니저님께 고맙다는 말을 전하고 싶다. 물론 15년 넘게 제품을 꾸준히 사랑해 준 고객들도 감사하다. 이분들이 있었기에 희망을 가지고 회사를 운영할 수 있었다. 함께 만들어 낸 결과다.

나이는 문제가 아니다. "어머 영웅아 안녕." 길을 가다 임영웅 사진이 보이면 하는 말이다. 친구는 "지랄 또 시작이다"라고 한다. 살면서 사람이 여유를 가지는 것도 참 좋다. 앞만 보며 치열하게 살아왔다. 한 번씩 좋아하는 연예인에 빠져서 보는 것도 나쁘지 않다. 오히려 삶에 활력이 생긴다. 2년 동안 임영웅에 푹 빠져 살았다. 사무실 벽에는 온통 영웅이 사진으로 도배되었다. 지난번 서울 콘서트도 다녀왔다. 예순이 넘은 나이에 연예인한테 빠질 줄은 상상도 못 했다. 영웅이 상상만 해도 설렌다. 눈 뜨면 최애돌 하트부터 누른다. 지금은 작가라는 새로운 꿈을 꾸고 글을 쓰고 있다. 부끄럽지만 바디프로필도 찍어 보고 싶다. 아침마다 가벼운 운동을 한다. 플랭크와 팔굽혀펴기도 열 개씩 한다. 아령도 3kg씩 든다.

남편 사업 실패 후 어느덧 20년이란 세월이 흘렀다. 수없이 많은 일을 겪었다. 여기까지 올 수 있었던 것은 단 한 번도 물러나지 않았기 때문이다. 학교 동생들은 말한다. "언니, 아직도 할 일이 많으세요?"라고 한다. "그럼 아직도 많지." 할 수 없는 일은 없다. 도전하지 않을 뿐이다. 인생에 큰 풍파를 만났지만 하고 싶었던 대학 공부도 마쳤고, 회사 대표도 되었다.

도대체 뭐가 잘못된 거지?

어떤 길도 처음부터 뚫린 곳은 없다. 누군가는 그 길을 만들었기에 새로운 길이 탄생한 것이다. 인생의 길도 쉽게 뚫려 있지 않다. 내가 가면서 길이 만들어지는 것이다. 여전히 세월이 흐르고 나이를 먹었지만, 가슴 속에 항상 이 마음을 품고 살아간다. 앞으로 또 어떤 상황이 닥칠지 모르지만, 한 걸음씩 내디디며 새로운 길을 갈 것이다. '길은 내가 만들어 간다.'

숨어 있던
재능을 발견하다.

●
이승희

내가 어떻게. '목표를 세워야 성공할 수 있다'라는 글을 쓸 수 있겠어. 성공 근처에도 가본 적 없잖아. 얼굴이 화끈거린다. 이 주제로는 쓰기 힘들겠다고 할까. 고민을 거듭했다. 결국 그냥 쓰기로 했다. 나만이 할 수 있는 목표 세우기 방법도 있을 수 있겠다는 생각이 들었기 때문이다.

다행히 최근에 선명한 목표를 세울 수 있었다. 그리고 평생 고치지 못했던 습관들을 하나씩 고쳐나가고 있다. 날마다 아주 작은 성공을 쌓아가고 있는 셈이다. 나처럼 목표 없이 되는 데로 살았던 사람 있을 거다. 그 사람에게 내가 터득했던 방법이 조금이라도 도움이 되기를 바란다.

첫째, 대수롭지 않게 생각하던 재능을 발견했다.

어릴 때부터 남들 앞에서 수다 떠는 걸 좋아했다. 나도 많이 떠들고 남들 하는 이야기도 잘 들었다. 대여섯 살 때. 엄마는 나를 외가에 맡겨 두고 둘째를 업고 보따리 장사를 다녔다. 그 동네 내 또래들은 아침밥 먹기 무섭게 동네 느티나무 아래로 가 나를 기다렸다. 내가 지어내서 들려주는 이야기를 듣겠다고. 할머니들과 수다 떠는 것도 좋아했다. 저녁 먹고 나면 집집마다 순찰하듯 동네 할머니들 집에 들렀다. 턱받치고 앉아 그네들의 지나온 인생 이야기를 듣곤 했다. 고개를 끄덕이며 아이고 저런, 추임새도 넣어가며. 어린 마음에도 할머니들 인생이 짠하고 흥미 있었던 게 어렴풋이 남아있다.

중학교 때는 수업 끝나면 아이들 한 무리가 내 주위에 몰렸다. 내가 어느 책에서 읽은 얘기를 들려줬다. 그러다 친구들도 저마다 자기 얘기를 했다. 어느 동네 느티나무 아래에 처녀 귀신이 산다더라. 그렇게 시작하다 나중에는 우리 아버지 어제 화 나서 절굿공이로 가마솥 쳐부쉈다는 이야기로 끝났다. 너무 웃긴다며 깔깔 웃다 다 같이 우리 아버지들은 왜 그러냐며 붙들고 엉엉 울기도 했다. 국선도 호흡 수련하러 다닐 때도 수련 끝나면 사람들이 나를 중심으로 모였다. 옛날 사람들 단전호흡하다 신선이 된 얘기, 기인이사들 얘기를 풀어내면 그 얘기를 시작으로 이야기꽃을 피웠다. 차 마시면서 한 시간 넘게 놀다 회사 늦겠다며 허겁지겁 나가곤 했다. 가끔 이런 성격이 싫었다. 나이 들면 입은 닫고 지갑은 열어야 한다는데. 실속 없이 말만 많은 사람으로 비칠까 싶어 말을 조심하는 습관이 생겼다.

아침 독서 모임에서 날마다 10분. 그리스 로마 신화 강의하는 일을 맡게 되었다. 그냥 수다 떨 듯하면 되는 거라지만 막상 해 보니 준비할 게 많았다. 그날 읽을 분량을 미리 읽어 두고 어떤 얘기를 해줘야 도움이 될지 자료를 찾아야 했다. 관련 그림을 사진 찍어 파일로 올려야 한다. 준비 시간이 한 시간을 훌쩍 넘는다. 바쁜 일정 쪼개 쓰기 만만치 않다. 그래도 힘들다고 느낀 적 없다. 오늘은 어떤 얘기 할까, 생각만 해도 즐거웠다. 도움 되었단 얘기 한마디라도 들으면 어깨가 치솟았다. 조금만 다듬고 발전시키면 이걸로 강의를 할 수 있겠다. 일리아스 완역본 읽고 싶은 사람에게 진입 장벽 낮춰줄 수 있겠네. 아이디어가 샘솟았다. 쓸모없다 생각했던 습관이 재능으로 연결되었다.

둘째, 롤모델을 찾고 그 사람을 따라 했다.

요즘은 어디서나 성공한 사람들 이야기를 보고 들을 수 있다. 관심 있는 주제를 검색하면 몇 초도 안 되어 수많은 사람 사례가 자동으로 뜬다. 처음에는 구경만 했다. 다들 먼 나라 사람들 같았다. 뭔가 남들이 모르는 재능이 있거나 끈기와 노력을 타고났거나 독창적인 시각을 갖고 있거나. 특출난 게 있었다. 나는 감히 따라갈 수 없을 것만 같다. 노력이라는 인자가 아예 없는 내가 그 사람들 흉내 내기도 어려워 보였다.

그러다 최악의 상황을 딛고 일어나 성공한 사람의 강의를 들었다. 감옥에서 책을 읽고 글쓰기를 했단다. 책을 여러 권 냈고 책 쓰기 강사로 활동하고 있는 이은대 작가였다. 홀린 듯이 강의에 등록했다. 대학 때 문창과를 전공했으면서 한 번도 글을 쓰기 위한 공부를 제대로 해본 적 없다. 부끄러웠다. 반성 많이 했다. 이은대 작가를 글쓰기 선생님, 인생의 멘토로 삼기로 했다. 자이언트 강의를 우선순위에 두고 참여하려고 노력했다. 강의 중 공저 쓰기를 모집하기에 얼른 손들었다. 다시 글 쓰는 삶을 이어가게 되었다.

『헐 머니가 온다』 안현숙 작가를 알게 됐다. 나이 60에 강사 일을 시작했다. 늘 심한 통증으로 고생하고 있단다. 그런데도 책 쓰고 강연 활발하게 하고 있다. 나이는 성공에 아무런 걸림돌이 되지 않는다는 것을 배웠다. 아무리 심한 병을 앓고 있어도 책을 쓰고 강연은 할 수 있다는 것을 깨달았다. 깨달음은 실천으로 이어져 배냇병 같았던 무기력증과 게으름을 극복해 낼 수 있었다.

셋째, 목표를 구체화 시키고 세분화했다.

내가 쉽게 할 수 있는 일, 좋아하는 일을 찾았다. 롤모델도 생겼다. 다음으로 내가 걸어가고 싶은 글이 선명하게 그려졌다. '아이들에게 가치를 찾아 주고, 글을 쓰는 작가로 라이팅 코치로 살자.' 그 길을 걸어가기 위해 할 일을 구체적으로 정하고 목표를 세분화시켰다.

2023년 공저 출간. 2023년 안에 개인 저서 시작하기. 두 번째 웹소설 완결 짓기. 2024년 개인 저서 출간. 전자책 2권 출간. 목표를 달성하기 위해서는 하루, 한 달 일정을 짜서 움직일 필요를 느꼈다.

사놓기만 하고 서너 장 쓴 게 다인 다이어리를 꺼냈다. 5시 기상. 강의 준비, 아침 독서……. 하루 일정이 저절로 짜졌다. 계획을 다 짜 넣고 나니 걱정됐다. 너무 빡빡해서 며칠하고 지치는 거 아닌가. 어려서부터 계획대로 움직이는 걸 싫어했는데. 그래도 밀고 나갔다. 하다가 너무 힘들면 조금씩 조정하자. 한 달째. 역시 계획표대로 사는 건 힘들다는 걸 느꼈다. 그래도 아침 5시 기상과 10분 강의는 잘하고 있다. 공저 쓰기도 일정 잘 지켜 쓰고 있다. 나머지도 70%는 계획대로 하는 중이다.

나만의 목표 세우기 이만하면 훌륭하다. 아이들에게 해주는 것처럼 참 잘했어요. 날마다 도장 쾅 찍어주고 있다.

매일 성공 해라

●
이증숙

　새벽 기상 오늘이 967일째다. 목표한 1,000일이 얼마 남지 않았다. 체력이 허락하는 날까지 계속할 예정이다. 며칠 전부터 또 다른 목표가 생겼다. 효소로 인한 인연들에 대한 기도다. 잠에서 깨어 책상에 앉아 제일 먼저 하는 일이다. 그들과의 소중한 인연을 끝내고 싶지 않다. 건강하게 살기를 기도한다. 예전의 나였더라면 급한 일에 밀려 늦춰지거나 건너뛰었다. 지금은 사명감이 생겼다. 건강을 지키는 것이 우선이다.

　얼마 전 2023 항저우 아시안게임에서 우리나라 선수들이 집중하는 모습을 보게 되었다. 다른 사람들이야 어떻게 하든 자신의 과녁을 향해 활을 쏘는 꿋꿋함에서 목표를 향한 집념을 보았다. 나도 과녁을 세웠다. 활을 들고 팔을 뻗어 팽팽하게 시위를 당겨 표적을 겨냥한다.

　'자이언트 공저 11기'를 신청하면서 글을 써야겠다는 목표를 세웠다. 다행히 11기에 합류하게 되어 마음을 다잡을 기회가 되었다. 초고 제출 기일이 전국 실버 체조 경기 대회 날짜와 겹쳐 하루 전인 10월 23일에 끝내야 한다. 신경 쓰인다. 11기 단톡방의 팀장은 매일 팀원들을 격려하며 마감을 알리는 글을 올린다. 톡 방을 잘 보지 않는 나로서는 댓

글 달아야 한다는 부담감이 먼저였다. 두 어머님을 모시고 여행 간 강문순 작가는 그 와중에도 글을 쓰고 사진과 여행 이야기를 알려주고 있다.

시민 공원 연습실에서 마지막 연습을 했다. 내일을 위해 오늘은 입장과 퇴장, 인사 연습과 실전 같은 연습을 두세 번 하고 마쳐야 한다. 새벽에 출발하기 때문에 전부 긴장하고 있다. 전원이 처음 나가는 경기 대회 출전이라 설레는 듯하다. 70대 중반에 이런데 나갈 거라고는 생각해 본 적도 없다면서 좋아했다. 보는 나 역시 즐겁다. 내일 만나자며 헤어졌다.

혼자 생각하고 싶어 공원을 걸으며 머릿속을 정리했다. 우선 욕심을 내려놓았다. 가르치느라 고생한 선생님을 칭찬해야 하는 것을 놓쳤다. 보이지 않는 곳에서 노력 봉사해 온 회장님과 임원들에게도, 끝까지 웃으며 따라와 준 회원들께도 칭찬과 배려의 감사 인사하는 걸 잊으면 안 된다. 예전에 행사가 끝난 뒤에 미처 챙기지 못한 아쉬움이 떠 올라 잊어버리지 않도록 기록해 두었다. 70대 어르신 35명을 인솔한다는 것이 쉬운 일은 아니다. 혹시라도 불미스러운 일이 생길까 염려되고, 먹는 것 역시 신경 쓰인다.

이 대회를 준비할 때의 목표는 아름다운 추억을 만들어 주기 위해서였다. 연습하는 동안 좋아하는 모습을 보면서 나도 즐거웠고 행복했다. 최우수상을 받아 만족했다. 제41회 노인대학 연합 예술제가 부산 시청 대강당에서 10월 31일 개최되었다. 흥겨워하는 어르신들과 하루를 알차게 보냈다. 제일 노력을 많이 하고 무대에서 즐거워하는 어르신들에게 상을 주었다. 함께 어울려 웃으며 행복해하는 그들을 보면서 나의 미래를 상상했다. 평생학습의 필요성과 중요성을 다시 실감하게 되었다. 24개 팀 중 11개 팀이 라인댄스를 하는 것을 보면서 전 국민의 운동이 될 때까지 홍보해야겠다는 초심이 달성된 것 같아 자랑스러웠다. 올해의 마지막 활동이 끝났다. 바쁘게 달려온 시월. 함께 춤을 추지는 못했지만, 같이 웃고, 떠들었다. 영원히 잊지 못할 2023년 시월로 기억될 것이다.

잘하는 것도 없고 좋아하는 것도 없다는 생각으로 살았다. 퇴직한 뒤 자연인으로 돌아왔다. 사회에 도움이 되는 일을 하고 싶었다. 내가 할 수 있는 것은 아무것도 없었다. 우연히 만난 댄스가 나의 인생을 바뀌게 했고, 즐겁게 했고, 다른 사람을 돕게 했다.

이제는 좋아하는 댄스와 이별해야 한다. 주변을 살펴봤다. 무얼 해야 하나. 막연했다. 우선 건강 독서 모임에 가입했다. 그 모임에서 배운 것과 공부한 것을 글로 쓰고, 경험을 기록하는 것이 내가 해야 할 일이다. 우선은 나 자신을 위해서다. 책상 위에는 건강에 관한 책이 늘어났다. 일주일에 두 번 건강 독서 모임을 하고 있다. 책 선정이 어렵다. 경험이 많은 사람이 리더인 곳에서 배우고 있다. 오프라인 모임이 함께 진행되는 곳이라 참석이 어려워 아쉽다. 그러나 내년부터는 참여하려고 한다.

지금도 장거리와 어두운 시간의 외출은 하지 않는다. 발목에 힘이 없어서다. 누가 부르면 바로 돌아보지 못한다. 몸이 한쪽으로 기울어지기 때문이다. 이번 추석에 산소 가다가 비탈진 곳을 잘못 디뎌 굴렀다. 오른쪽에 힘이 없어 균형을 잃었다. 발등과 손등이 골절되었다. 몇 바퀴를 굴렀는지, 주차장에 들어가려고 대기 중인 차의 범퍼에 턱이 부딪혔고 반동에 의해 뒤로 넘어져 머리에 호두만 한 혹이 생겼다. 허리 수술한 곳에 충격을 주지 않으려고 손을 짚은 것이 손목 골절이 되었다. 경사가 심하고, 반 포장이 되어 있어 걷기 불편한 곳이었다. 정신을 차린 후 부축을 받고 일어났다. 자동차가 없었더라면 낭떠러지로 떨어졌거나, 차가 앞으로 운행 중이었다면 교통사고까지 났을 것이다.

명절이라 병원에는 전문의가 없었고, 엑스레이와 CT를 찍고 돌아왔다. 혼자 외출한 것은 아니지만 가족들이 옆에 있어도 일어날 수밖에 없는 사고였다. 이런 일이 생기니 장거리를 간다거나 혼자 외출한다는 것이 쉽지 않다.

인생의 전환점을 다시 한번 맞이하려 한다. 뭔가 새로운 일을 하려면 생각이 많고 행동으로 옮겨지지 않는다. 할 것인가, 말 것인가를 먼저 결정하고, 목표를 정하고, 계획을 세우고, 실천을 위한 행동 지침을 만들어야 한다. 매일 성공을 경험하는 것이 중요하다는 생각으로 작고 사소한 것부터 시작했다. 아래의 3가지를 실행에 옮겼다.

1. 기도와 확언문을 적으며 소리 내어 읽는다.
2. 일과표를 시간대별로 작성한다. (잊어버리지 않기 위해)
3. 성공 챌린지 체크리스트를 작성한다. (예: 가계부, 일과표 작성, 30분 독서 등)

처음 할 때는 어떤 항목을 추가해야 할지 몰라 빈칸을 두었다. 하다 보니 성공 챌린지의 체크리스트에 빈칸이 없어졌다.

체크리스트를 끝내고 컴퓨터를 종료하는 순간이 하루의 마무리다. 실천한 것을 하나하나 동그라미를 그리는 재미도 있다. 하는 것이 중요하다. 무리수를 띄우지 말아야 한다. 처음부터 욕심내지 말고 하다 보니 한 가지씩 추가할 것이 생겼다. 빠진 것을 보충하고, 버리고, 채우고를 여러 번 반복했다. 매일 하는 이 작업이 이제는 습관이 되었다. 아침에 일어나면 양치질하는 것처럼 익숙해졌다. 시간도 단축되었다. 쉽게 되는 일이 없다는 것을 잘 알고 있다. 아주 작고 실천할 수 있는 것을 찾아 조급한 마음 버리고 한 걸음 한 걸음 묵묵히 나의 속도로 가고 있다. 세 가지 실천! 잊지 않고 실천하는 것이 습관을 바꾸고 내 모습을 변화시키는 방법이다.

목표,
그곳으로 가는 길

●

정유나

    고등학교 3학년 때 만난 내 짝꿍 혜민이는 닮고 싶은 친구였다. 배우 김민희를 닮은 외모에 공부도 꽤 잘했다. 조용하던 나와 달리 혜민이 소리는 교실 안을 채울 때가 많았다. 그런 그녀의 목표는 홍익대 미대에 진학하는 것이었다. 수업이 끝나면 서둘러 가방을 메고 미술학원으로 향했다. 버스가 끊겨 학원에서 집까지 걸어서 온 이야기를 하곤 했는데, 그래서일까. 혜민이는 수업 시간에 꾸벅꾸벅 졸 때가 많았다. 그러다가도 이내 정신을 차리고 책상 서랍에서 무언가를 꺼내 끄적이기 시작했다. 고개를 푹 숙이고 왼팔을 둘러친 채 무언가를 적곤 했는데, 그 모습이 지금도 생생하다. 학년이 끝날 무렵, 그것은 혜민이가 만든 다이어리라는 걸 알게 되었다. 월간. 주간 일정을 적을 수 있는 속지만 따로 떼어 굵은 실로 엮은 다이어리. '大 수능시험'이라 적힌 표지 뒤에는 매일 해야 할 공부량으로 빼곡히 채워져 있었다. 실천한 것은 색깔 펜으로 지웠고, 곳곳에는 D-day 표시가 선명했다. 밤을 새워 공부했다는 기록도 있었다. 그동안 이걸 다 하고 있었다고? 수업 시간에 종종

도대체 뭐가 잘못된 거지?

정신을 차리지 못해 선생님께 야단맞던 모습도 생각났다. 그럼에도 변함이 없었던 그녀의 일상이다. 독하다. 빠짐없이 적어간 다이어리를 보며, 친구로는 처음으로 존경의 마음이 일었다. 수능시험이 끝났다. 다른 친구들은 해방감을 만끽하고 있을 때 혜민이는 서울로 올라가 방을 잡았다. 홍익대 근처 학원가에 자리 잡고 실기시험 준비에 매진했다. 혜민이를 만나러 서울에 다녀오던 길, 그녀가 두르고 있던 색바랜 미술용 앞치마와 손질 못 해 고무줄 사이로 삐져나온 머리카락이 왜 그리 멋있어 보이던지. 그해 혜민이는 원하던 학교에 입학했다. 목표와 함께 일어나고 잠들고 생활하던 혜민이의 모습이 스쳐 지나갔다. 어떻게 준비했는지 옆에서 봐 왔기에 힘껏 손뼉 쳐 줄 수 있었다.

입학 후 한참이 지나 혜민이 소식을 들었다. 잠시 휴학했단다. 동남아 곳곳을 돌아다니며 마을에 벽화를 그려주는 여행을 하고 있었다. 그녀의 삶에 없었던 또 하나의 광경이다. 이것은 분명, 혜민이가 만든 또 다른 목표 덕분일 것이다.

고등학교 이후 혜민이를 따라 다이어리 적는 습관이 생겼다. 연말이면 새 다이어리를 펴고, 가장 뒤 페이지에 일 년간 하고 싶은 일을 적어갔다. 적을 때는 다 이룬 듯 기분 좋았지만, 연말 내 모습은 늘 비슷했다. 다이어리를 촘촘하게 채워간 초반과 달리, 한 해의 중반부터는 텅 빈 곳이 많았다. 목표는 어느새 잊어버리고 당장 눈앞의 일에 허덕였다. 다이어리에 적힌 일정과 그에 따른 시간 관리는 별개로 흘러갔고, 으레 해야만 하는 일들을 하는 경우가 대부분이었다. 목표치에 훨씬 미치지 못하는 일이 반복되자 다이어리는 내 삶을 성장시키기는커녕 자신감을 하락시키는 요인으로 전락했다. 혜민이와 무엇이 달랐을까. 홍익대 미대에 합격하는 것은 혜민이가 고등학교 내내 바라던 단 하나의 목표였다. 그것을 위해 매일 그림을 그렸고, 그날 해야 할 공부량을 채웠다. 목표와 함께 생활하며 단순한 일상을 묵직하게 이어갔다. 반면 나는 하고 싶은 것이 많았다. 영어 잘하면 좋겠고, 여행도 가고 싶고, 건강 관리도 하고 싶었다. 명확한 목표도, 구체적인 실행계획이나 마감 기한도 없이 시작하다 마는 경우가 허다했다.

가까우면서도 먼 목표와의 관계를 이어가던 어느 날, '마인드 파워로 영어 먹어버리기'라는 수업에 참여하게 되었다. 영어에 발목 잡힌 경험이 있는 사람, 영어 잘하고 싶은 사람 등 수강 대상도 다양했다. 희망하는 바를 이루기 위해, 중도에 포기하지 않고 마음의 힘을 이용하여 영어를 공부하자는 취지였다. 나 또한 해외 봉사나 순례길에서 외국인과 이야기하고, 필요한 때에 자유롭게 소통하고 싶은 바람이 있어 참여하게 되었다. 수업에 참석한 사람들과 함께 영어 사랑하기가 시작되었다. 줄여서 '영사'라 했다. 원하는 것이면 먼저 사랑해야 한다는 의미다. 매일 과제가 있었다. 영어 듣고 읽고 녹음해서 짝꿍에게 전송하기. 새벽 5시, 눈뜨면 책을 펴고 음원을 재생시켰다. 한 문장을 서른 번씩 외고 녹음하고 짝꿍에게 전송하기까지, 그날의 분량을 채우는 데에만 세 시간가량 필요했다. 속도는 남들만큼 빠르지 않았지만 나에게 당당할 수 있는 노력으로 하루하루 채워갔다. 주말은 물론이고, 가족 여행 중에도 새벽에 혼자 나와 중얼중얼 외며 같은 루틴을 이어갔다. 빠짐없이 한 달을 채우는 동안 자신감도 함께 자랐다. 3주 차에는 영어로 된 한 편의 이야기를 외워, 사람들 앞에서 발표하는 시간이 있었다. 영어 울렁증 있던 내가 사람들 앞에서 영어로 발표하다니. 손들고 먼저 하겠다고 자처한 것도, 나로선 큰 발전이었다. 나름 성공적이었던 한 달이다. 목표 달성에 다가서도록 돕는 요소들은, 분명히 있었다.

세 번째 공저 프로젝트에 참여 중이다. 부족함이 많다. 그럼에도 열 명의 작가가 한마음으로 끝까지 함께 할 것이다. 그리하여 누군가에게는 도움이 될 삶의 이야기들이 한 권의 책으로 엮여 나올 것을 믿는다. 왜냐하면 앞서 말한 영사와 같이 목표 달성을 위해 필요한 요건들이, 이 프로젝트에도 적용되고 있기 때문이다. 내가 경험한 목표 달성을 위한 조건에는 다음과 같은 것이 있었다.

첫째, 분명한 목표와 구체적인 실행계획이 있다. 영사도 공저도 목적이 분명하다. 마음의 힘을 활용하여 영어 공부를 잘해보겠다는 목적, 나의 이야기를 책으로 엮어 출간하겠다는 목표가 있다. 더불어 목적을 어떻게 실현할지 구체적인 계획은 필수다. 영사에서도 한 문장 서른 번씩 외고 녹음하여 짝꿍과 피드백을 주고받았다. 그리고 과제 실행 여부를 오픈채팅방에 공유했다. 이중 삼중 실행점검 장치이기도 했다. 이러한 속도와 억양으로 외라는 구체적인 지침도 있었으니, 방법을 몰라 못할 이유는 없었다. 바로 실행할 수밖에 없고, 실패하기도 힘든 구조였다. 일어나서부터 과제하고 밤에는 피드백 받으며 종일 영어를 생각하는 날들이 이어졌다.

둘째, 함께 하는 사람들이 있다. 혼자서 잘하는 사람도 있지만, 첫걸음 내딛기가 어렵거나 지속하기 힘든 사람도 있다. 이런 사람에게는 같은 목표를 가진 누군가와 함께하는 것도 좋은 방법이다. 함께 해서 좋은 점은 서로 힘을 북돋운다는 것. 영사를 할 때도 그랬고, 공저 프로젝트에 참여하는 지금도 열 명이 넘는 사람들이 오픈채팅방을 통해 힘을 실어준다. 날마다 힘내자, 할 수 있다는 메시지가 시시때때로 올라온다. 자극받고 격려도 하며 힘을 내게 된다. 물론 어느 날은 과제를 빠뜨리는 사람도 더러 있었지만, 다음날이면 다시 시작했다. 혼자라면 포기하고 싶을 수도 있었을 터, 같은 목표로 '함께 나아가는 힘'은 대단했다. 책임감도 한몫했을 테다. 등산이나 마라톤, 독서, 사진, 여행 등 주제가 다른 수많은 동호회가 있다. 마음만 먹으면 얼마든지 함께 할 수 있는 환경이다. 쉽사리 발이 떨어지지 않는다면 함께 하는 것을 추천한다. 혼자 꾸는 꿈은 꿈에 지나지 않지만, 함께 꾸는 꿈은 현실이라는 말이 있지 않나. 목표를 현실로 가져오는 방법 중 한 가지는 함께 가는 것이다.

셋째, 마감 기한 역시 목표를 실현하는 데 중요한 요소다. 영사에서는 24시간 안에 과제와 피드백 실행 여부를 알려야 했고, 전체 5주라는 기간이 있었다. 공저 프로젝트도 마찬가지다. 초고와 여러 차례의 퇴고, 최종 검토까지 마감 기한이 있다. 각자의 사정이 있을 터, 여러 사람이 모여서 하는 일에 마감 기한이 없다면 마침표를 찍기 힘들다. 완벽할 수도 없지만 완벽하지 않아도 손을 떼야 할 지점이 있어야 일을 마칠 수 있는 것이다. 실제로 한 지인은 동화를 써서 책으로 출간하기 위해 사람들이 모였는데, 좀처럼 진도가 나가지 않는다며 답답해했다. 들어보니 각자의 사정은 있고, 마감 기한은 없었다. 기한이 정해져 있을 때 더 집중하게 된다는 '마감 효과'는 이미 수많은 실험에서도 입증됐다. 누군가 목표는 시한이 정해져 있는 꿈이라 했다. 이 글을 쓰고 있는 지금도 마감이 다가올수록 초조하다. 그러나 목표 달성에는 가까워지는 중이다.

목표와 늘 함께하면서도 가깝지 않았다. 한발 다가서다가도 두 발 멀어졌다. 애증이 관계랄까. 과거 이룬 일보다, 이루지 못한 일들에 매몰되어 있었던 이유도 있지만, 믿고 따르는 확실한 방법을 쥐고 있지 못했던 까닭도 있었다. 돌이켜보니 기고 걷는 것에서부터 이루고 치르고 획득한 크고 작은 성취 경험이 말하기 힘들 정도로 많다. 이미 성취자 에너지가 장착되어 있다고 해도 과언이 아니다. 내 안의 성취에너지를 믿고 목표 달성으로 가는 요건들을 잘 붙잡아 챙기려 한다. 이제는 애증의 관계를 끝내고 목표와 사랑에 빠지고 싶다.

마감 기한 정하기,
작게 시작하기

●

조지연

  죽기 전 내 이름으로 책 한 권 내고 싶다는 소망이 생겼다. 자이언
트 북 컨설팅에 입과 했다. 오월에 시작해 과제를 제출하고 연말까지는
꼭 내야겠다는 목표를 가졌다. 열정은 강했지만, 실천하기는 쉽지 않았
다. 절실한 게 없었다. 나는 왜 책을 내고 싶은 것일까. 책은 나를 알리
는 중요한 수단이 된다. 성공한 사람은 목표를 종이에 적으면 실현된다
고 한다. 나는 종이에 "작가가 된다. 내 이름으로 책을 출간한다."라는
목표를 적었다. 그리고 지금 이렇게 책을 내기 위해 글을 쓰고 있다. 사
실 개인 저서를 내기 위해 초고를 쓰고 있었다. 연말까지 꼭 내겠다는
목표가 있었지만, 시간이 많이 남았다는 생각에 미루었다. 마감이 없
었다. 지금 이 책을 쓰는 목표에는 마감 기간이 있다. 지키지 않으면 안
된다. 무조건 써야 한다. 마감 기한 내에 제출해야 한다. 나를 몰아붙
이면 반드시 하게 된다. '언젠가'라는 말 대신 다음 주까지 제출하기라
는 명확한 마감 시간은 한 가지 일에 집중시킨다. 일을 신속하게 끝내
도록 도와준다. 그래서 마감기한이 가장 중요하다. 긴 목표가 아닌 단

기간에 내가 할 수 있는 일에 집중하는 것이 좋다. 우선 내가 원하는 일을 하기 전에 '하기 싫은 일'을 정확히 골라내 보자. 하기 싫은 일을 알아야, 하고 싶은 일에 더 집중할 수 있다.

'하기 싫은 일' 명확히 고르기

돈이 없어서 한숨짓는 일, 시간에 쫓겨 아이들을 소홀히 대하는 일, 직원들 눈치 보며 굽신거리는 일, 몸을 혹사하는 일, 언제든 대체될 수 있는 사람이 되는 일, 남편과 아이들의 원망을 사는 일. 남에게 무시당하는 일. 우유부단하게 행동하는 것, 일 처리 미루다가 한꺼번에 힘들게 하는 것 등

'하고 싶은 일' 명확히 하기

영어를 배워서 외국인과 자연스럽게 대화하기, 미국에서 살아보기, 아파트 대출 없이 두 채 사기, 가고 싶은 곳 어디든 여행 다니기, 양가 부모님께 매달 용돈 넉넉히 드리기, 차를 사고 운전하기, 가족들의 자랑 되기, 작가가 되어 매일 글쓰기, 일하며 매달 꾸준한 수입 갖기.

'미션' 정하기

내가 6개월밖에 살지 못한다면 무엇을 해야 할까? 하루를 기록한다. 사람들과 공유한다. 가족과 하루하루 소중하게 보낸다. 남기고 싶은 말을 책으로 낸다.

뇌는 질문을 받으면 종일 쉬지 않고 천만 비트의 정보를 처리하면서 답을 찾는 '슈퍼' 컴퓨터다. 적절한 질문을 했는데 적절한 답이 나오지 않는 것은 불가능하다고 〈비상식적 성공 법칙〉에서는 말하고 있다. 내가 이루고 싶은 것을 종이에 적어서 잠재의식에 심어놓으면 뇌는 필

요한 정보를 쉬지 않고 계속해서 수집한다. 책을 내고 싶다는 목표를 갖자 도와주는 상황이 펼쳐진다. 새벽 기상을 하는 모임에 들어가고 글쓰기 강의를 듣고 공저를 신청하게 되었다. 목표는 많을수록 좋다고 하는데 다음은 나의 목표를 적어보았다.

나의 목표

1만 팔로워를 가진 인플루언서가 된다. 영향력 있는 작가가 된다. 나와 상담하기 위해 사람들이 줄을 선다. 유튜브 영상을 올리고 조회 수 10만을 기록한다. 나의 열렬한 팬이 천명 있다. 영어와 한국어를 완벽하게 말한다. 멘토들과 가까이 소통하며 그들과 비슷하게 되어간다. 블로그 하루 방문자 수가 수백 명이다. 인기도서 작가가 된다. 매일 글 쓰는 사람이 된다. 노후에 먹고살 돈이 충분하다. 요리를 잘하는 엄마가 된다. 매일 운동한다. 남편과 건강한 삶을 산다. 감사하는 마음을 늘 새긴다. 커뮤니티 지도자가 된다. 방긋 지연 브랜딩에 성공한다.

말도 안 되는 것 같은 목표를 적어보았다. 허무맹랑해 보일 수 있지만 일단 적었다. 내가 반복하는 말, 나에게 하는 말, 다른 사람이 동조하는 말로 현실을 만든다고 한다. 어떤 사람을 내 옆에 두는가로 나의 현실이 바뀐다. 긍정적인 말을 하는 사람을 곁에 두고 나에게도 긍정의 말을 계속해야겠다. 부정적인 말버릇을 가진 사람은 치명적이다. 얼굴을 찡그리고 못 하겠다 하는 사람은 적극적으로 멀리하라고 한다. 내가 그런 사람은 아닌지 돌아본다. 나보다 나은 사람에게 조언을 구하자. 하는 일마다 잘되는 사람들의 비결 중 하나는 원하는 것을 적절하게 요청할 수 있다는 것이다. 모르는 것을 모른다고 말하고 도움이 필요할 때 도움을 요청하는 것이 중요하다. 그 이유는 더 많은 것을 배울 수 있고 쓸데없이 시간과 에너지를 낭비하지 않아도 되기 때문이다. 조언과 도움을 받았다면 결과에 대한 피드백을 제공해야 한다. 덕분에 일이 잘 해결되어 감사하다는 말을 전한다. 도와줘도 보답할 줄 모르고 결과조차 알려주지 않는 사람에게 다시 손 내밀고 싶지 않을 것이다. 정중하게 도움을 요청하고 반드시 보답해야겠다.

　셀프 이미지를 만드는 것이 중요하다고 한다. 머릿속에 나를 표현하는 이미지를 만들어 본다. 나만의 직함을 정해본다. 주문을 걸듯 스스로 말하면 점점 달라진다. 전문가, 마스터, 슈퍼 ○○ 이런 식으로 자신의 결점에 휘둘리지 않는 인물상을 표현하는 것이다. 나는 방긋 미소 전문가, 목표 마스터, 바른 습관 코치, 일상 기록전문가, 감정코치작가 같은 나만의 직함을 만들었다. 다른 사람에게 말할 필요도 없다. 종이에 적어두고 매일 바라본다. 결국, 내가 생각하는 대로 될 것이다. 이제 내가 원하는 것과 되고 싶은 이미지를 만들었다면 실행하는 것이 중요하다. 작가가 되고 싶다면 매일 글 쓰는 일부터 시작해야 한다. 제대로 된 글을 쓸 수 없다고 자책하며 두려워할 때도 많다. 내가 뭐라고 글을 쓰냐며 한 줄도 쓰지 못하고 포기해 버린다. 우선 만만한 일부터 시작하고 엉망으로 해도 괜찮다고 생각해야겠다. 블로그에 일기 한 줄이라도 적어본다. 한 줄이 세줄 되다가 한 페이지가 되고 그게 매일 쌓이면 책이 될 것이다. 시작을 가볍게 그냥 하는 것이 목표를 이룰 수 있는 가장 빠른 길이다.

　내가 하고 싶은 일은 개인 책을 내는 일이다. 책을 내고 싶다가도 하기 싫은 순간이 온다. 게으름을 없애려면 일단 선포하고 질러야 한다. 바보 될 각오를 한다. 도망갈 곳이 없어야 한다. 사람들에게 공개적으로 언제까지 책을 낸다고 선언한다. 거짓말쟁이가 되기 싫어서라도 반드시 지킬 것이다. 사람들이 "너 한다더니 왜 안 해?" 이런 말 듣기 부끄러워서라도 하게 된다. 다른 사람의 습관이나 감정조절에 도움을 주는 사람이 되고 싶다. 그러려면 영향력 있는 사람이 되어야 한다. 지도자가 되어 사람을 이끌어 본다. 꾸준히 내가 하는 모습을 먼저 보여 준다. 사람들과 진심으로 소통하며 친분을 다진다. 댓글을 정성스럽게 달아준다. 팔로워와 이웃을 늘려간다. 매일 인스타그램 피드와 블로그 글을 올린다. 새벽 기상, 글쓰기 등 좋은 습관을 매일 하는 나를 보여 준다. 엄두가 나지 않던 일도 실천하기 쉬운 작은 일부터 하면 될 것이다. 아침 눈뜨자마자 목표를 생각하고 오늘 해야 할 일을 적는다. 거창할 필요는 없다. 작은 행동이 모여 큰 목표를 이룬다. 내 목표에서 생각의 끈을 놓지 않는다면 원하는 대로 반드시 될 것이라 확신한다.

우리는 모두가
삶의 주인공이다

●
황지영

    양 손바닥을 펼쳐 힘껏 밀었다. 아이 서랍장 위 칸이 닫히지 않는다. 다시 한번 더 세게 힘을 실어 밀었지만 중간 정도 밀리다 멈췄다. 끝까지 닫히지 않는다. 왜 그런가 싶어 살폈다. 서랍 오른쪽 가장자리에 둘째의 캡틴 아메리카 맨투맨이 끼어있다. 삐죽 튀어나온 옷을 손으로 꾹꾹 눌러 서랍 안으로 욱여넣었다. 다시 서랍 문을 밀어보지만, 이번에도 닫히지 않는다. 여전히 옷소매 끝이 빼꼼 고개를 내밀고 있다. 홧김에 소매를 잡아당겼다. 맨투맨에 뒤엉켜 있던 내복까지 딸려 나왔다. 캡틴 아메리카 방패가 쭈글쭈글 주름졌다. 내복도 꾸겨져 있다. 바닥에 놓고 다시 개었다. 옷을 넣으려 서랍 문을 당겼다. 이번에는 열리지 않는다. 몸을 뒤로 젖혀 힘차게 당겼다. 뒤로 벌러덩 넘어졌다. 엉덩이가 욱신거렸다. 무게까지 실어 잡아당긴 덕분에 서랍이 열렸다. 옷 뭉치들이 볼록볼록 튀어나와 있다. 옷이 이렇게나 가득 차 있으니 열리거나 닫히지 않았구나 싶다. 정리가 필요했다. 서랍 안에 들어있는 옷 전부 다 꺼냈다. 끝없이 나왔다. 서랍이 옷을 뱉어내는 것 같았다. 맨투

맨, 티셔츠, 바지, 내복, 속옷, 양말까지…. 참 많이도 쑤셔 집어넣었다. 둘째의 노란색 스누피 여름 티셔츠를 발견했다. 선명한 색깔에 부드러운 촉감까지 좋은 옷. 올해도 입히고 싶었다. 그렇게 찾을 때는 보이지 않더니 초겨울을 앞둔 지금에서야 발견했다. 허탈한 웃음이 났다. 수납 정리해 보겠다고 산 아이템이 보인다. 쇼핑몰에서 길이 조절되는 칸막이를 샀고, 다이소에서 정리함도 샀는데 헛된 소용이다. 서랍 칸막이는 분명 흡착이 잘 된다는 후기를 보고 샀는데 고정되어 있지 않고 눕혀져 있다. 꾹꾹 집어넣은 옷을 감당하지 못해서인 듯했다. 정리함에는 속옷과 양말이 뒤죽박죽 섞여 있다. 꺼낸 옷 하나씩 개어 넣었다.

아래 칸 서랍을 열었다. 계절별 실내복과 외출복을 모아 놓은 곳이다. 여기도 만만치 않다. 실내복은 실내복대로, 여름과 겨울옷들은 옷대로 한데 뒤엉켜 있다. 한숨이 저절로 나왔다.

이어서 다음 칸도 열었다. 둘째에게 물려 입히기 위해 모아 놓은 첫째 옷들이 들어있는 곳이다. 계절과 크기에 맞춰 나누고 라벨링하여 지퍼백에 넣어두었다고 생각했는데 그건 착각이었다. 옷 모조리 꺼내어 하나씩 개고 분류하여 서랍장에 다시 차곡차곡 넣었다.

이왕 하는 김에 첫째의 옷장도 정리해야겠다는 생각이 들었다. 옷장 문을 열었다. 옷걸이에 걸려 있는 겉옷들을 훑었다. 바람막이 점퍼, 재킷, 패딩, 한복에 셔츠까지 들쑥날쑥 걸려 있다. 숨 크게 내쉬고 옷장 정리 들어간다. 오른쪽에는 첫째, 왼쪽에는 둘째의 외투를 걸었다. 계절과 크기에 따라 나누어 정리했다. 옷장 아래쪽 서랍을 열었다. 역시나 옷이 뒤섞여 있다. 매일 세탁하고 옷을 갠다. 그러나 귀찮다고 서

도대체 뭐가 잘못된 거지?

랍 살짝 열어 대충 집어넣기만 했다. 서랍 앞쪽은 정리된 것 같아도 뒤쪽은 엉망진창이다. 모조리 꺼내어 다시 정리했다. 목과 어깨가 뻐근했다. 가슴까지 답답해져 왔다.

아이 서랍과 옷장뿐만이 아니다. 화장대, 책상, 식탁, TV 선반, 주방 조리대, 거실 등 집안 어디에 눈길을 돌려도 마찬가지다. 너저분하다. 정리 정돈이 시급하다. 그런데 막상 하려니 막막하다. 일, 육아, 살림 등 해야 할 일이 눈앞에 보이지만 손가락 하나 까딱하기 싫다. 정리해야 하는데 하기 싫다. 그렇다고 아무것도 안 할 수도 없는 노릇이다. 지저분한 집은 스트레스로 다가온다. 나 자신을 위해서라도 정돈이 필요하다. 단전에서부터 에너지를 끌어올린다. 기분이 가라앉기 시작하면 걷잡을 수 없다. 버릴 것은 버리고 정리할 것은 정리하고 싶다. 잡동사니와 쓰레기들로 집안 가득 채우고 싶지 않다. 맥시멀라이프(maximal life)를 벗어나고 싶다. 어떤 방법이 나에게 맞을지 고민했다. 잘해야 한다는 부담은 낮추고 꾸준히 할 수 있어야 한다. 정리 시간이 오래 걸리지 않으면 좋을 것 같았다. 시간의 효율을 높이고 즐거운 마음으로 할 수 있는 나만의 미니멀라이프(minimal life) 실천 방법 세 가지를 소개한다.

첫째, 목표를 수치화한다.

너무 쉬워서 그냥 바로 해낼 수 있는 것을 목표로 정한다. 여기에 개수를 정하거나 시간을 제한하는 방식을 더해 구체적으로 만든다. 미니멀라이프의 기본은 비움과 정리다. 목표를 정하고 수치화했다.

비움은 하루 세 개 물건 버리기로 정했다. 다 마신 생수병, 구멍 난 양말, 목이 늘어난 티셔츠, 유통기한 지난 화장품, 뒹굴고 있는 USB 케이블 등 생각 외로 버릴 것이 많다. 사용하지 않는 물건 또는 더는 사용할 수 없는 것을 찾아 쓰레기통에 넣는다. 버릴 물건 세 개 찾기. 쉽다. 할 만하다.

정리 활동은 5분으로 정했다. 타이머를 맞춰놓고 알람이 울릴 때까지 정리 정돈을 한다. 5분 장난감 정리, 5분 침구 정리 등 짧은 시간 안에 끝내니 정리의 부담이 줄어든다.

둘째, 범위를 좁힌다.

무엇을 하겠다는 목표가 생기면 의욕이 넘친다. 다 할 수 있을 거란 생각에 일을 크게 벌이는 일이 많다. 의욕은 챙기되 범위를 좁히는 것이 중요하다. 그래야 목표가 선명해진다. 지치지 않고 집중해서 해나갈 수 있다.

대청소하겠다는 생각을 버렸다. 오늘 하루 날 잡아 제대로 청소해야겠다는 생각 집어넣었다. 집안 전체를 한 번에 정리하려면 부담이 된다. 시작도 전에 그만두고 싶은 마음이 생긴다. 딱 한 곳을 정해 그것만 정리한다. 계속 청소를 미루는 곳 위주로 정한다. 신발장, 조리대, 팬트리 선반 한 개, 서랍 한 칸 등 범위를 좁혀 시도한다. 하나씩 정리된 모습을 보면 뿌듯하다.

셋째, 셀프 칭찬하기다.

청찬은 강력한 힘을 가진다. 작은 칭찬이라도 들으면 기분 좋다. 더 잘하고 싶어 꾸준히 하게 된다. SNS 속 예쁜 집들을 보면 부럽다. 먼지 하나 없이 깔끔하다. 인테리어도 어쩜 그리 잘해 놓았는지 거기서 살고 싶다는 생각이 절로 든다. 랜선 집들이를 하다 보면 정리 욕구가 치솟는다. 다람쥐처럼 모으기만 하는 나를 돌이켜 본다. 깨끗이 정리된 집들은 하루아침에 만들어진 것이 아니다. 부지런히 청소하고 유지했기에 가능한 것이다. 지금 내가 사는 곳이 어지럽고 깔끔하지 않아 어쩔 수 없다고 지레 겁먹을 필요 없다. 아주 작은 일이라도 한가지씩 꾸준히 정리 정돈하다 보면 어느새 깨끗한 집이 된다. 마음을 가다듬는다. 할 수 있다고 자신을 다독이고 청소를 시작한다. 하나를 비울 때마다 박수 한 번 치고, 하나 정리할 때마다 어깨를 토닥인다.

비우고 정리하면 공간이 만들어지고 여유가 생긴다. 스트레스와 감정까지도 정리된다. 주위 환경에 끌려가는 것이 아니라 내가 내 삶의 통제권을 가지게 된다. 집을 깨끗하게 정리한 덕분에 하루하루 생기가 넘친다. 노력하는 나를 칭찬한다. '완전 멋져. 못 할 게 없지. 어쩜 이렇게 잘하니.' 아이에게 칭찬하듯 나에게 아낌없이 말한다. 셀프 칭찬은 동기부여와 자신감을 준다.

위 세 가지 방법은 여러 곳에도 적용할 수 있다. 운동, 독서, 글쓰기뿐 아니라 직장생활 업무에서도 활용할 수 있다. 완벽히 해내야 한다는 욕심을 버리고 하나씩 작은 일부터 시작한다. 그러다 보면 주체적으로 하루하루를 살아갈 수 있다. 삶의 권위를 가지게 된다. 작은 것부터 시작해 보길 추천한다. 무조건 성공할 수밖에 없는 작은 목표를 세우고 꾸준히 해보길 바란다.

　매일 성공했다는 기쁨을 느끼며 하루를 마무리한다. 이제는 기분이 나아질 때까지 환경이 좋아질 때까지 기다리지 않는다. 마음먹었다면 바로 몸을 움직인다. 작은 성공이 하나씩 모이면 큰 결과를 만들게 된다. 그리고 원하는 삶에 다가갈 것이라 믿는다. 우리는 모두가 삶의 주인공이다.

선언하고
행복하게 시작하자.

●
황현정

　자기 계발을 하고 독서를 한 지 10년이 넘는다. 제대로 방법을 몰랐고, 집중하지도 못했다. 아는 것만큼 실행하지 못했다. 돈 공부까지 하다 보니 새롭게 알게 된 부분들도 있다. 그동안의 배움을 바탕으로 목표를 위한 세 가지 성공비법을 공유해 본다. 성공할 때까지 실천할 나의 목록이기도 하다.

　첫째, 온 세상이 알게 하라.
　"엄마, 100번 쓰기 다 했어요?"
　"아니. 요즘 못하고 있어."
　"왜요?"
　"음⋯. 그게⋯. 요 며칠 막내도 계속 열나고, 동생 유치원 설명회도 다니고, 이사 갈 집도 알아보고 하느라 시간이 부족했어. 다시 열심히 써볼게."
　6살 아들과의 대화이다. 목표를 이루고자 매일 목표를 100번 손으로 적었다. 쓰는데 한 시간 정도의 시간이 들고, 아이들이 있는 시간을 피해서 쓰려고 하니 그 시간을 확보하기도 어려웠다. 그래서 아이들이 있는 시간에도 중간중간 조금씩 쓰기 시작했다. 엄마가 좋아서 엄마의 일거수일투족을 살피는 첫째의 눈에 100번 쓰기가 눈에 들어왔다. 매일매일 썼는지 나에게 확인했다. 그러다가 며칠을 못 썼는데, 첫째도 뒤늦게 생각이 났는지 나에게 물어온 것이다.

이전에는 아이들 앞에서 감사 일기를 쓰고 있었다. 첫째는 또 엄마가 무엇을 하는지 궁금해했고, 감사 일기에 관해 설명해 주었다. 그랬더니 본인도 일기를 쓰겠다며 종이를 달라고 했다. 거기에 날짜를 쓰고 본인이 쓰고 싶은 내용을 한 줄 썼다. 아이들에게는 보여 주는 교육이 중요하다고 한다. 첫째의 행동을 보며, 자기 계발을 숨어서 하지 말고 일부러라도 아이들이 보는 곳에서 해야겠다고 생각한다. 100번 쓰기에 대한 첫째의 질문을 들으며 다시 시작해야겠다고 다짐한다. 아이들에게 엄마는 이것저것 하다 그만두는 사람으로 인식되고 싶지 않다. 늦더라도 될 때까지 하는 사람, 시간이 걸려도 꼭 해내는 사람이 엄마임을 알려주고 싶다. 첫째에게는 공저를 시작하며, 엄마가 이제 작가가 될 거라고 말했다. 그랬더니 틈틈이 엄마 책 언제 나오는지 묻는다. 늦어도 내년에는 나올 거라고 이야기해 주었다.

아들에게도 선언한바, 공저가 마무리되면 바로 개인 저서도 시작해야겠다. 작가가 되겠다고 했으니, 작가가 되어야겠다. 아이들에게 말로 인생을 가르칠 것이 아니라 삶으로, 행동으로 알려주어야겠다. 엄마는 한다면 하는 사람으로 기억되어, 아이들도 그렇게 성장해 나가길 기대해 본다.

SNS에도 이것저것 하겠다고 공표해 놓은 것들이 있다. 혼자 목표를 세웠을 때는 하다가 잘 안되면 조용히 넘어가기도 했었다. SNS에 무엇을 하겠다고 이야기해 두니, 어떻게든 계속 시도하게 된다. 아무도 안 볼 수도 있지만, 누군가 봤을 수도 있겠다고 생각하니 그 약속을 지켜야 할 것만 같다. 세상에 알리니, 늦더라도 실행해 나가는 원동력이 되어준다.

둘째, 매사에 감사하며 즐거운 감정을 유지하라.

첫째 육아할 때도 힘들어서 아이 셋 엄마의 글들을 찾아 읽었다. 셋을 키우는 방법을 참고하면 한 명 키우는 건 훨씬 수월할 것 같았다. 하나도 힘든데, 셋을 키우는 엄마에 대한 존경의 마음을 담아 읽었다. 그게 육아에 도움이 되기도 했고, 어려운 일이 있을 때도 마찬가지였다. 나보다 힘든 상황에서도 해내는 사람들이 분명 존재하였다. 아이 셋 키우는 엄마를 참고하다가 아이 셋 낳은 건 아니지만, 나도 이젠 세 명을 키운다. 얼마 전 SNS를 보다 7남매가 사는 집을 보게 되었다. 다자녀를 키우는데 좋은 팁들을 알게 되었다. 첫째 때처럼 위안이 되고, 도움이 되었다. 식비나 생활 방식에서 3남매를 키우는 나보다도 여유가 느껴진다. 한 명을 키우며 매우 힘들어했던 내가 이제 세 명도 키우고 있다. 첫째 때와 비교해 몸과 마음의 여유가 느껴진다. 아이들이 건강히 잘 지내는 것도 감사하고, 떼를 쓸 에너지가 있다는 것도 감사하다. 세 아이 모두 수술로 낳았는데, 매번 수술이 무서웠지만 셋째 때는 유독 무서웠다. 셋째 낳으러 가면서, 자는 아이 둘을 친정엄마에게 맡겼다. 인사하며 돌아서는데 그게 마지막일까 봐 정말 두려웠다. 딸이 걱정할까 봐 아무렇지 않게 행동하는 엄마의 근심 어린 표정도 눈에 선하다. 엄마를 안아준 후, 엄마가 잘할 수 있다며 내 손을 꼭 잡은 그 감촉이 아직도 남아있다. 수술이 끝나고 마취에서 깨어났을 때 저절로 눈물이 흘렀다. 간호사, 의사 선생님들에게 살려주서서 감사하다고 전했다. 눈물이 주룩주룩 흘러내렸다. 새로운 삶을 부여받은 것처럼 열심히 살겠다고 다짐했다. 현실 육아를 접하며 그때의 마음보다는 절실함이 줄어들었을지 모른다. 그래도 그때만 떠올리면 지금도 눈물이 차오른다. 감사하며 행복하게 살자.

MBTI 유형 중 난 ESTJ이다. 공감보다는 해결책을 제시하는 유형이다. 관계보다는 과업을 중시한다. 스스로 목표치에 도달하지 못할 때 자책하는 경우도 많았다. 아이들이나 신랑에게도 나의 기준에 맞지 않는다고 짜증 내는 경우가 있었다. 매사에 진지하며 화를 안고 살았다. 그렇게까지 할 필요가 없었는데, 나의 기준이 정답도 아닌데 말이다. 자신을 사랑하고 존중해 주어야겠다. 그래야 아이들도 자신을 사랑하는 법을 배우게 된다. 즐겁고 행복한 감정을 유지할 때, 좋은 일들이 일어난다. 그로 인해 목표가 더 잘 이루어진다는 것도 알게 되었다.

셋째, 당장 시작하라.

예전에 완벽주의라며 시작을 주저하는 경우가 많았다. 이것 준비되면 해야지, 저것마저 배우고 시작할 거야. 그러다 보면 한 주, 두 달, 몇 년이 흘러간다. 자기 계발하면서 이제는 개선되었다고는 하나, 그래도 망설이는 부분들이 있다. 일단 시작해 본다. 개선해야 할 부분, 보충해야 할 부분들이 계속 나타난다. 유튜브를 시작하며 가장 많이 느낀 부분이기도 하다. 예전 같으면 시작도 못 했겠지만, 당장 시작하고 나니 여전히 보완해야 할 부분이 보인다. 그럼에도 시작했더니 누군가는 시청해 주고 있었다. 유튜브를 소비하는 것이 아니라 생산하는 방향으로 시선이 달라진 것도 성과이다. 시작하지 않았으면 개선도 없었다. 실행은 하루아침에 이루어지지 않는다. 고민하지 말고, 우선 시작해 본다. 알고 있는 것을 실행하지 않아 현실이 이렇다는 것을 잘 알고 있다. 더불어 알고 있는 것이 전부가 아님을 기억한다.

목표 달성에 가까워지기 위해 세상과 아이들에게 선언하고 바로 지금 시작하기로 한다. 감사하며 행복하게 과정을 즐길 것이다. 어제보다 나은 오늘을 위해 매일 새롭게 시작한다.

마치는 글

강문순

    인생 목표 중에 매년 책 한 권씩 쓰자는 목표가 있다. 꽉 채워진 다이어리 스케줄이 발목을 잡았다. 우선순위에서 벗어나고 있는 책 쓰기를 끌어올렸다. 다른 날보다 조금 더 일찍 일어나 무작정 책상에 앉아 자판을 두드렸다. 글의 주제를 계속 생각하니 떠오르는 이야깃거리들이 있었다. 문득 생각나는 문장의 핵심 단어들을 메모했다. 한 꼭지 한 꼭지 써지기 시작했다. 바쁜 와중에 할 수 있을까? 잠시 망설이고 포기하려고 했던 마음을 이겨냈다. 이렇게 또 목표는 나를 성장시켰다. 느리더라도 한 걸음 한 걸음 나아가다 보면 어느새 목표지점에 도달한다. 포기하지만 않으면 어떤 모양으로든 목표는 결과를 낳는다. 분명 한 건 목표 없이 사는 삶과 확연히 다르다. 열심히 사는데 달라지지 않는다고 느낄 때 목표를 점검하자. 구체적이고 도전적이며 현실적으로 측정할 수 있어야 한다. 목표가 너무 모호하고 추상적이면 안 된다. 실패가 두려워 도전하지 못하는 사람들에게 무엇이든 작은 목표를 세워 일단 시작하라고 권하고 싶다. 목표 설정! 절대 쉽지 않다. 그러나 선명한 목표는 지금보다 더 잘 살 수 있는 삶의 비결이다.

김정민

지금까지 목표가 없었다면 아마 난 여기 이러고 있지 않았다. 엄마와 2살부터 날 본 이춘택병원 이모들 모두 한입으로 말한다. 많이 변했다고. 안다. 아직 만 스물둘. 성장 중인 작가다. 이 글 쓰고 있기에 말해본다. 목표 필요하다. 목표 바로 이루기는 쉽지 않다. 나도 무엇을 하고 있었을까 싶다. 둘째 주 토요일. 이춘택 이모들이 와서 우리 집 생일자 파티와 대화 나들이 등 여러 가지 활동 함께한다. 오늘은 꿈을 이야기했다.

"저도 도전하고 싶은 꿈이 있어요."

"뭔데요?"

"배우가 되고 싶어요."

내가 얘기한 두 가지와 같다면 더 목표가 있어야 한다고 생각한다. 꿈도 없고 목표도 없다면 조금이나마 도움이 되겠다. 앞으로도 함께 걷는 독자가 있다면 계속 나아가는 작가가 되겠다고 말하며 이 글을 마쳐본다. 목표가 없다면 조금이나마 도움이 되길 바라며 마친다.

박명찬

두 번째 공저를 마쳤다. 올해 나의 목표는 내 이야기를 담은 한 권의 책이었다. 가는 길에 방향을 잃기도 했다. 실력은 콩알만 한데, 욕심은 수박만 했다. 공저를 쓰는 시간은 콩알만 한 글쓰기 실력을 돌아보고 다지는 시간이었다. 다시 방향을 찾도록 등불을 밝혀 주었다. 내 안에 콩알만 했던 글쓰기 실력이 대추 알만큼은 커졌다. 고마운 공저의 모든 순간에 감사하다. 기회를 주신 이은대 작가님과 공저 11기로 함께 한 매일, 아침저녁 서로의 안부를 묻고 응원을 보내 준 작가님들께 감사를 보낸다.

이번 책은 열심히 사는 데 달라지지 않는다고 느낄 때 선명한 목표가 주는 행복에 관해 썼다. 책을 쓰면서, 내 인생의 선명한 목표를 많이 생각하는 시간이었다. 글 쓰는 삶이라는 목표가 더 분명해졌다. 매년 업그레이드하는 나의 비전 보드에는 10개의 미래 명함이 있다. 이 모든 것은 결국 작가의 삶과 연결된다. 공저로 책을 내는 이 시간 덕분에 내 꿈은 더 선명해졌고, 목표에 한 걸음 더 가까워졌다. 인생에 새로운 도전은 언제나 두렵지만, 더 큰 가치와 뿌듯함을 준다. 모든 것이 감사하다.

백영숙

글을 쓰면서 지난날들을 돌아보는 시간이 되었다. 참 치열하게 살았구나. 힘들고 어려웠던 순간이 많았다. 늘 생각지 못한 상황으로 인해 새로운 목표가 생겼다. 첫 번째는 가정을 지키는 것이었다. 20년 동안 생존을 위해서 살았다. 끝인 줄 알면 또 다른 상황이 기다리고 있었다. 이 모든 것들이 끊임없이 도전하게 했다. 나이도 잊고 살았다. 그 과정들로 인해 많이 성장했다. 힘들다고 생각했던 모든 것조차도 좋은 밑거름이 되었다. 평소 할 수 없다고 불평불만을 늘어놓았던 말과 생각은 긍정적으로 바뀌었다. 길은 내가 가서 만들겠다는 슬로건도 생겼다. 덕분에 길을 만들었다. 사람에게는 무궁무진한 잠재력이 있다는 말을 이제야 좀 알 거 같다. 불가능한 상황에도 한 걸음씩 내디딜 때 새로운 길이 열렸다. 이제 나의 목표는 상황에 따라 변화하는 것이 아니라, 내가 하고 싶은 꿈을 향해 나아가고 싶다. 내 인생 최고였다.

이승희

어렸을 때부터 꿈속으로 도망치는 법을 터득했다. 엄마 아빠가 싸울 때면 나는 고아라는 상상을 한다. 사실 나는 부모가 잃어버린 아이야. 나중에 어마어마한 부자가 된 부모가 번쩍번쩍 빛나는 자가용을 타고 와 내 손을 잡고 울겠지. 그땐 엄마 아빠가 후회해도 소용없어. 부잣집으로 가서 살더라도 동생들은 데리고 가야지. 상상 속을 부유하다 보면 현실이 잊혔다. 나이 들어서도 힘들면 꿈속으로 들어갔다. 그러다 보니 현실 감각이 많이 떨어졌다.

인생이 리셋되고 나서야 알았다. 현실을 제대로 살려면 허황한 꿈속에서 빠져나와야 한다는 것을. 정신 차리려고 했는데 잘되지 않았다. 해야 할 일은 많은 데 뭐부터 해야 할지 몰라 허둥거리기만 했다. 그러다 공저 11기 책을 쓰게 되었다. 주제는 목표. 마침맞게 '라이팅 코치'가 되겠다는 목표가 생겼다. 목표에 대한 글을 쓰면서 삶이 정돈되고 나아갈 길이 분명해졌다. 역시 나는 글을 써야 행복해지는 사람이라는 걸 깨달았다. 공저 11기 퇴고 마친 글을 세상에 내민다. 작가로 다시 선다.

이증숙

처음 공저를 시작할 때 걱정이 앞섰다. 혹 동료 작가들에게 폐가 되지 않을까 하는 생각 때문이었다. 글을 쓰다 보니 하루가 소중하다는 것과 내 안의 무한한 가능성을 찾으며 살아왔다. 앞으로도 잠재력 속에 있는 그 무엇을 찾아 인생길을 떠나야 한다는 것 또한 알고 있다. 인생 백오십 년, 이백 년을 산다고 하니 이제 칠십, 반환점을 돌았다고 하더라도 절반이 남아있다. 세상은 끊임없이 변하고 있는데 변하지 않았다면, 달라지지 않는다면, 안정된 삶이 아니라 도태되는 삶을 살게 될 것이다. 뚜렷한 목표가 있으면 반드시 성장 한다. 순간순간 느끼는 행복이 내 인생을 만든다. 행복하게 사는 것이 인간의 목표라면, 목표를 향해 나아가는 것이 성공으로 가는 길이다. 사소한 작은 실천으로 매 순간이 행복하다. 한 번뿐인 인생을 낭비하며 살고 싶지 않고, 일회용 종이컵의 내 인생에 무엇을 담을까를 고민하며 살았다. 목표를 정하고 하나씩 이루어 갈 때 행복하다.

함께 한 동료 작가님들의 배려와 응원 속에 이뤄낸 공저. 날이 갈수록 애틋함이 찐해져 가는 '함께'라는 힘의 위력에 감사의 마음을 전하고, 지켜보고, 응원해 주시고, 격려해 주신 이은대 사부님께 고개 숙여 감사드린다.

정유나

얼마 전 딸이 피아노학원에서 돌아와 말했다. "엄마, 오늘 학원 빠지면 안 돼요?" 이유를 들어보니, 학원에서 작은 음악회를 연다는데, 그때 연주할 곡이 너무 어렵다는 것이다. 이전에도 비슷한 말을 한 적 있다. 음악 이론이 어렵거나 레벨이 올라 힘겹게 느껴질 때였다. 진도를 늦추고 반복해서 연습하도록 하면 한동안 잘 다녔다. 어려워도 겪어야 하는 시기가 있다. 그 시기가 지나야 악보도 볼 줄 알고 손가락 사용도 익숙해진다. 돌이켜보면 낯설고 어려워서 피하고 싶었던 것, 어릴 때부터 해내며 살아왔다. 구구단 외기, 한 편의 글짓기 등 작지만 수많은 성취를 이뤄왔다. 우리는 이미 '목표성취자'다. 이루고 싶은 일이 있다면, 가볍고 즐거운 마음이면 좋겠다. 딸은 어렵고 힘들다 하면서도 연습을 이어가더니, 음악회를 앞두고는 실력이 좀 늘어서인지 마음이 가벼워 보인다. 작년 연주회 때처럼 웃으며 마무리할 것이라 믿는다. 앤드류 매튜스는 '중요한 것은 목표를 이루는 것이 아니라 그 과정에서 무엇을 배우며 얼마나 성장하느냐이다.'라고 말했다. 도착에 연연하기보다 여정을 즐길 줄 아는 목표성취자로 살고 싶다.

조지연

　내일은 글 써야겠다는 말은 오늘은 절대 하지 않겠다는 뜻이다. 공저를 쓰면서 깨달았다. 마감기한이 가장 중요하다는 것을. 마감기한이 없었다면 아마 아직도 쓰고 있지 않았을 거라 확신한다. 우선순위를 글쓰기로 정했다. 다른 일을 하면서도 내 머릿속은 글쓰기로 가득 찼다. 아직 시간이 많이 남았다고 생각해서 뭐든 미루었다. 열심히 사는데 달라지지 않는 이유가 나에게 있었다. 이제 실행할 일만 남았다. 내 머릿속에 나는 열심히 해도 성과가 없는 사람이라는 이미지가 강했다. 그 생각 때문인지 뭘 해도 티가 안 나고 결과는 없었다. 우선 나를 규정하는 말부터 바꿔본다. 내 운명은 내 생각이 만들고 나에게 기회를 부여하는 첫 번째 사람은 나 자신이다. 조지연, 나는 누구인가? 지금까지 어떤 사람이었나? 이제 어떤 사람인가? 지금까지 열심히 사는데 달라지는 것 없는 그저 그런 사람이었다. 이제는 하는 일마다 잘 되는 사람이다. 목표를 정하면 반드시 이루는 사람이다. 사람들에게 좋은 영향을 주는 작가다. 바른 습관을 만들어 주는 코치이자 목표 전문가가 된다. 이 목표를 가슴에 새기고 하루를 살아갈 것이다.

황지영

　Love Myself! 내 인생 목표다. 마흔이 되면 조금 더 여유로워지고 단단해질 줄 알았다. 인간관계도 탄탄해지고 사회생활도 거뜬하게 잘할 줄 알았다. 마흔을 앞두고 참 많이도 흔들렸다. 제대로 할 줄 아는 것도 잘하는 것도 없는 것 같았다. 여전히 살림은 서툴고 육아는 어렵다. 직장에서도 별다른 성과가 없는 듯했다. 어떻게든 하루를 버텨나갔다. 지치지 않으려 발버둥 쳤다. 더 자주 웃으려 했고, 무엇이든 긍정적으로 생각하려 했다. 그러다 보니 조금씩 나를 중심에 두는 시간이 늘어났다. 인생을 즐기며 살았을 때가 언제인지 돌이켜보니 목표를 가졌을 때였다. 가치 있고 의미 있는 것을 선택하고 실천하는 것이 행복임을 깨달았다. '나를 사랑하기'를 되뇐다. 어차피 해야 할 일이라면 즐겁게, 이왕 할 거면 최선을 다하려 한다.

이 글을 읽는 당신도 인생 목표를 만들어 원하는 삶을 향해 나아가길 진심으로 바란다. 지금 이 순간을 즐기며 나를 사랑하는 것도 잊지 않았으면 좋겠다. Love Yourself!

황현정

글을 쓰고 있다면 이미 작가다. 이은대 스승님의 말이다. 나는 과연 작가인가? 글쓰기보다는 책을 내겠다는 마음이 앞섰다. 지난 3년 동안 배운 것에 비해 글쓰기의 결과물은 현저히 낮았다. 그래도 스스로 작가라 생각하며 신랑에게 말하고, 비밀번호도 작가로 설정해 두곤 했다. 작가라고 생각했기에 글쓰기에도 주저함은 없었으나, 글쓰기의 양은 턱

없이 부족했다. 절대적인 양이 넘쳐야 질적 상승을 기대할 수 있다는 말을 공저하며 깨닫는다. 초등 5학년 때 개구리 소년 영화를 본 감상문을 교내 방송에서 발표한 적이 있다. 작가를 꿈꾸며 어릴 때의 기억이 떠올랐다. 공저하며 작가의 삶을 체험한다. 이렇게 작가의 길을 가기 위한 경험을 추가한다. 글쓰기 강의를 통해 육아를 배우고 삶을 배웠다. 삶이 곧 글이고, 글이 곧 삶이 될 수 있도록 잘 살아내야겠다. 퇴고는 끝이 아니라 중단하는 것임을 몸으로 배웠다. 목표도 기한을 설정하여 최선을 다하고 중단해야 한다. 그래야 그다음 목표를 위해 한 걸음 더 나아갈 수 있다. 계속해서 글을 쓴다. 작가의 삶을 살아간다. 다음 글에서 만나기를 기대해 본다.

도대체 뭐가 잘못된 거지?